# 嗤う名医

久坂部　羊



集英社文庫

目次

初出誌「小説すばる」
寝たきりの殺意　二〇〇九年九月号(「知らぬがホトケ」を改題)
シリコン　二〇一一年五月号
至高の名医　二〇一二年四月号
愛ドクロ　二〇一〇年一月号
名医の微笑　二〇一〇年七月号
嘘はキライ　二〇一三年一一月号

本書は、二〇一四年二月、集英社より刊行されました。

# 嗤う名医

# 寝たきりの殺意

ああ、昨夜《ゆうべ》はよく寝た。ぐっすり眠って、何も覚えていない。

いや、何か、気がかりな言葉が頭に引っかかっている。

――知らぬがホトケ。

なぜ、そんなことを思い浮かべるのか、理由はわからない……。

おっと、よけいなことを考えているひまはない。朝の日課をはじめなければ。

まず、両手を開いたり閉じたりを二十回。次に重さ一キロの鉄アレイを持って、肘《ひじ》の曲げ伸ばしを左右十回ずつ。続いて腕を伸ばしたまま鉄アレイを頭の上まで持ち上げる運動を、これも十回ずつやる。下半身が不自由なわたしは、せめて腕の筋肉を鍛えなければ、完全に寝たきりになってしまう。

まだ六十八歳の若さで、わたしがベッドから出られないのは、脊柱管狭窄症《せきちゅうかんきょうさくしょう》というやっかいな病気のせいだ。脊髄《せきずい》の通っている管が狭くなって、へそから下がまったく動かない。情けないが、小便も自分でできない。だから、尿道に管を入れている。二週間ごとに訪問診療に来る鵜川《うかわ》医師が取り替えてくれるが、この管のせいでわたしはベッドに縛りつけられているも同然なのだ。

しかし、わたしはへこたれない。リハビリをして、いつかは歩けるようになってやる。

動かない脚を見ながら、わたしは胸の内で繰り返す。

動かぬなら、動くまで待とうこの両脚。

動かぬなら、動かしてみせようこの両脚。

動かぬなら、切ってしまうぞこの両脚。

そして、上半身をさらに鍛える。伝い歩きをするにも、腕の力が必要だからだ。鉄アレイの次は、コイルを二本にしたエキスパンダーを広げる。最初は半分ほどだったが、今では完全に広げられる。大胸筋がぴくぴく震える。腹筋にも力が入る。この年になっても、筋力はつくのだ。しかし、脚だけは動かない。

となり町の何とかいう整形外科医院は、リハビリがうまいと評判らしい。そこの医師にリハビリをしてもらえば、きっと歩けるようになるだろう。なのに、嫁が連れて行ってくれない。あの嫁は、わたしが歩けるようになったら困ると思っているのだ。

理由は忌々しい浣腸《かんちょう》のせいだ。

わたしは下半身に力が入らない。だから、大便を出すには浣腸をしてもらうしかない。なのに、嫁は浣腸を面倒がって渋る。わたしは肛門《こうもん》に力が入らないから、浣腸の液を入れたあと、しばらく尻を押さえてもらわなければならないからだ。

浣腸を頼むと、嫁は大仰に眉を寄せて甲高い声で言う。

「またですか！」

またとは何だ。浣腸を頼むのは、せいぜい三日か四日にいっぺんではないか。ほんとうは毎日でもしてほしいくらいだが、嫁の手間を考えて、できるだけ我慢しているのだ。それを頭ごなしに、「まてですか！」と言われたら立つ瀬がない。

「前に頼んだのは三日前だろう」

努めて穏やかに言うと、「昨日しました」と声を尖《とが》らせる。嫁は平気でこういう嘘《うそ》をつく。その魂胆は見え透いている。日にちをごまかして、手間をはぶこうとしているのだ。まったく、ずるい女だ。

言い争っても仕方がないので、わたしは怒りをこらえて繰り返す。

「浣腸を、頼む」

わたしの介護がたいへんなのはわかる。だが、わたしだって遠慮して、嫁の手を煩わせるのを減らそうと努力しているのだ。それをあんなにヒステリックな言い方をされたら、こっちだって頭にくる。

この前も嫁は浣腸の回数を減らそうとして、診察に来た鵜川医師にこんなことを言った。

「先生、浣腸はやりすぎると、身体《からだ》によくないのでしょう」

「まあ、くせになるとよくないかもしれませんね」

「ほら、聞きましたか」

そのときの、勝ち誇ったような顔といったら。

「わたしもよくないと思うのに、毎日、浣腸してくれと言うんですよ。ときには一日に二回も三回も。ほんとに困ります」

悪意に満ちた誇張には、さすがのわたしも堪忍袋《かんにんぶくろ》の緒《お》が切れかかった。だが、鵜川医師は公平だ。

「守山《もりやま》さん、そうなんですか」

穏やかにわたしの言い分を聞いてくれる。

「いいえ。浣腸は三日か四日に一度です」

わたしが答えると、嫁がこれ見よがしにあきれて見せた。

「よく言うわ。きっちり毎日ですよ」

「いや、そんなことはない。いくら浣腸が面倒だからといって、大げさなことを言うな」

「大げさじゃありません。事実です」

言い争いになりかけると、鵜川医師が困った顔で割って入った。

「じゃあ、カレンダーに印をつけたらどうです。守山さん、浣腸をしたらご自分で丸をつけてください。そうすれば何回したかわかるでしょう」

望むところだ。そう思って、ベッドのサイドテーブルに卓上カレンダーを置いてもらった。ところが、これが失敗だった。嫁がわたしの隙を見て、勝手に丸をつけるのだ。

最初はつけた覚えのない丸を見て、わたしも焦った。だが、どう考えてもおかしい。ぜったいに浣腸はしていないし、直腸に便が溜《た》まっているのも感じでわかる。嫁は毎朝部屋の掃除に来るが、そのときサイドテーブルのまわりで何やら怪しげな動きをしていた。

そこでわたしの目を盗んで、素早く丸をつけたにちがいない。

わたしは一計を案じた。丸の下にごく短い尻尾《しっぽ》を書き加えるようにしたのだ。こうすれば、自分がつけた丸かどうかの目印になる。

ようすを見ていたら、まんまと引っかかりおった。わたしがつけた覚えのない丸に、尻尾がなかったのだ。

「これはどういうことかね」

わたしは憤然として、嫁を糾《ただ》した。嫁はぽかんと口を開け、ふいに餌を取り上げられた犬みたいな顔になった。恥じ入ることも、詫《わ》びることもしない。なんと図太い女か。

「こういうことをされるようじゃ、丸をつける意味がないから、もうやめる。さあ、三日ぶりの浣腸をしてもらおう」

「あの、さっき……」

「問答無用！」

このときばかりは、わたしもふだんめったに出さない怒鳴り声をあげた。

わたしの部屋は、息子の孝太郎《こうたろう》がリフォームしてくれてから、見ちがえるようにきれいになった。畳にベッドは置けないので、床はフローリングだ。扉はスライド式、あちこちに手すりがあり、もちろん玄関はバリアフリーだ。

ベッドの横には仏壇があり、妻の澄代《すみよ》の位牌《いはい》が入っている。わたしは浮気もせず、ずっと家庭を大事にしてきたのに、澄代はくも膜下出血であっけなく逝ってしまった。わたしの看病で無理をしたのかもしれん。

澄代が亡くなって間もなく、息子夫婦が同居したいと言ってきた。わたしも一人では不自由だったので、ある意味、渡りに船だった。仏間をわたしの病室に改築し、ほかの部屋は若い者たちの好みに合うよう造り替えた。どんなふうになっているのか詳しくは知らん。どうせ、家の中をうろつけるわけでもなし、自分の部屋さえ快適ならそれでいい。

そろそろ朝飯の時間だと思っていると、ノックが聞こえた。

「おはようございます」

嫁が食事を運んでくる。朝はたいてい白粥《しろがゆ》だ。それに梅干しと干物か佃煮《つくだに》が一皿。嫁はベッドの台に盆を置き、そそくさと足元の窓のカーテンを開ける。部屋を見まわし、異変のないことを確かめてから、おざなりな調子で訊《たず》ねる。

「昨夜はよく眠れましたか」

「ああ」

わたしは無愛想に答える。嫁はうわべはていねいだが、他人行儀で心がこもっていない。いくら義理でも、少しは親を敬う気持がないのか。

「ベッド、起こしますよ」

リモコンでベッドの背を上げる。嫁の身体が近づくと、甘酸っぱいにおいがする。若くて健康だが、無神経な女のにおいだ。寝たきりなので、わたしは鼻が敏感になっている。

「食べ終わったらブザーを鳴らしてくださいね。下げに来ますから」

もう出て行こうとするのか。少しぐらいつき合ってくれればいいのに。一人きりで食べる食事がどれほど味気ないか、考えたことはないのか。

「また身体がかゆいんだ。薬を塗ってもらえんかね」

わたしは嫁に呼びかけた。

「はい？」

「かゆみ止めの軟膏《なんこう》だよ。鵜川先生が出してくれただろう」

察しの悪い女だ。嫁はのろのろとサイドテーブルの引き出しを探す。目薬やチューブに入ったのや、見当ちがいの薬ばかり取り出す。

「それじゃない。青いふたのケースだ。レスタミンと書いてあるだろう」

「ああ、これですか。よく覚えてますね」

当たり前だ。わたしの記憶力は嫁などよりよほどよいのだ。軟膏を塗ってもらうために、パジャマとシャツの前をはだけると、嫁が頓狂《とんきょう》な声を出した。

「あらー、またこんなに掻《か》いて」

みぞおちのあたりに、引っ掻き傷がいくつもついていた。昨夜、あまりにかゆくて、つい掻いてしまったのだ。

「掻いたらだめって、鵜川先生が言ってたでしょう。よけいにかゆくなるから」

「わかってる。だがどうしても辛抱できないんだ」

「だめねー」

さも見下げた言い方に、わたしはカッと耳が火照《ほて》った。嫁はかゆみのつらさをまったく理解していない。いくら我慢しても、どうしてもかゆいときがあるのだ。そんなときは、いったん掻きだすと、傷がつこうが出血しようが掻きまくらずにはいられない。

「早く薬を塗ってくれ。背中がかゆくてたまらん」

シャツをまくって背中を向けると、嫁は使い捨てのビニール手袋を出してはめた。そんなにわたしの身体は汚いのか。年寄りの身体には、そんなに触りたくないのか。

軟膏を指に取り、おざなりに塗っていく。嫁の手は小さいので、指先で手袋がよじれて皺《しわ》になっている。そのためうまく擦り込めない。軟膏ぐらい素手で塗ってくればいいのに。

「少しは我慢してくださいよ。薬にばかり頼らないで」

くっ。わたしがいつ薬に頼ったと言うのか。怒りで目の前が暗くなる。手元にガラスの灰皿でもあれば、嫁の顔に投げつけてやりたいくらいだ。ああ、しかしわたしには耐えるしか方法がないのだ。

「……ありがとう」

辛《かろ》うじて礼を言い、食事に取りかかった。嫁は余計な仕事をさせられたと言わんばかりに、不機嫌そうに出て行った。

くやしい。なぜこんなに馬鹿にされなければならないのか。嫁はわたしが寝たきりだから、侮っておるのだ。たしかに下半身は麻痺《まひ》しているが、両手は動く。わたしは若いころ柔道をしていたから、腕っ節は強いのだ。その気になれば、腕の力だけで身体を支えることもできる。あんまりわたしを蔑《ないがし》ろにするなら、いつか思い知らせてやる。

今、わたしが必死に屈辱に耐えているのは、息子の孝太郎のことを思うからだ。父親と嫁の板挟みになったら、息子がかわいそうだからこらえてやっているのだ。

父親のわたしが言うのも何だが、孝太郎は実によくできた息子だ。まじめで努力家で、気立ても優しい。小さいころから他人に親切で、電車で老人に席を譲ったり、横断歩道で目の不自由な人の手を引いてやったりしていた。あの子が高校生くらいのとき、二人で歩いていると、目の前で自転車に乗った老婆《ろうば》がよろけて倒れた。孝太郎はとっさに駆け寄り、助け起こした。あの動きは、ふだんから困った人を助ける心構えがないとできないものだ。

そんな優しい息子だから、よけいに心配をかけるわけにはいかない。仕事が忙しくて、嫁にわたしの世話をすべて任せている負い目もあるだろう。息子は一家の大黒柱なのだから、何のうしろめたいことがあろうかと思うが、もはや時代がちがうと言われればそれまでだ。

それに、これは勘ぐりかもしれんが、もしかしたら、息子はアチラのほうで嫁に頭が上がらんのかもしれない。嫁はたしかに美人で、肉感的だ。息子はわたしに似て、まじめ一本槍《いっぽんやり》だから、不倫などできんだろう。となれば、嫁を相手にするほかはなく、拒まれれば下手《したて》に出る以外にない。

聞くところによると、最近はそんなふうに男の面目《めんもく》を失う亭主が多いらしい。情けない。ああ、息子に愛人がいたらなあ！　そうすれば、嫁の尻に敷かれることもないのに。むかしは赤線があったから、いくらでも外で発散できた。何とかもう一度、赤線が復活しないものか。


今日は午後から訪問看護婦の来る日だ。

小便の管が詰まるのを防ぐために、週に一度、管を洗いに来る。ふつう、小便の管は二週間ごとの交換だけでいいらしいが、わたしの尿は濁りが強いため、間で一度洗わなければ詰まるのだそうだ。

看護婦を待っていると、また下腹が熱くなってきた。八月なのに、嫁がクーラーを強くしてくれない。部屋がむっとして、へその下あたりがときどき猛烈に熱くなる。わたしはブザーで嫁を呼んだ。

「何かご用ですか」

「すまんが、アイスノンを持ってきてもらえんかな」

「どこを冷やすんですか」

「下腹だよ」

嫁は怪訝《けげん》そうにわたしの額に手を当てる。なぜ、黙って素直に取りに行けんのか。

「熱はないみたいですよ」

「わかっておる。腹の中が熱いんだ」

「でも、お腹《なか》は温めたほうがいいんじゃないですか」

「それは素人の考えだ。腹が熱いのは炎症を起こしているせいで、温めるとよけいに悪くなるんだ。むかし、盲腸になったとき、母親がこんにゃくで冷やしてくれて、その処置が正しかったとお医者がほめてくれた。温めていたら、腹膜炎になっていたところだと」

「またその話ですか。今日は冷えるし、アイスノンはよくないんじゃないですか」

「頼む。このままじゃ腹の中が沸騰《ふっとう》しそうだ。この熱さは、経験した者にしかわからん。

早く持ってきてくれ」

そこまで言って、やっと嫁はアイスノンを取りに行った。まったく手間のかかる女だ。

訪問看護婦が来たのは、午後三時ちょうどだった。嫁もいっしょに入ってくる。

「守山さん。お加減いかがですか」

でっぷりした身体をピンクのジャージに包み、いつも満面の笑みを張りつかせている。わたしはこの看護婦が苦手だ。仕事はできそうだが、どうも生意気な感じがする。

「今日はバルーンの調子、どうかな」

看護婦はベッドの横にかがみ込み、小便の管を上げたり下げたりする。

「今週はオシッコもきれいみたい」

嫁が看護婦にため口で答える。まったく礼儀を知らんやつだ。いくら相手が看護婦でも、世話になっているのだから、少しはていねいに扱うべきだろう。

「あらー。バルーンのチューブがベッドの柵《さく》にはさまってる。守山さん、これ注意してくださいよ」

看護婦が管の接続部をベッド柵からはずし、子どもに言うように説明する。

「前にも言ったでしょ。尿の管は膀胱《ぼうこう》から抜けないように、先に小さな風船がついてるの。でも無理に引っ張ったら、抜けちゃうこともあるのよ、尿道が裂けて」

尿道が裂けるだと？　物騒なことを言わんでくれ。

看護婦がバッグから道具を取り出し、洗浄をはじめる。注射器で小便の管から膀胱に水を入れ、その水を吸い出してバケツに捨てる。はじめは白いモロモロがたくさん出るが、六、七回も洗うときれいになる。

洗い終わって、看護婦が嫁に言った。

「もしまた尿が濁るようだったら、前に渡した抗生物質をのませてあげてね」

「わかりました」

嫁の物言いがていねいになっている。少しは反省したのか。

「ときどき尿に血が混じるんですけど、そのときも抗生物質でいいんですよね」

「ちがうわよ。抗生物質は感染のときだけ。血尿のときは止血剤よ」

「あら、そうなんですか」

おいおい、何を言い出すんだ。薬は嫁が管理すると言うから任せているのに、今までまちがった薬をのまされていたのか。わたしは心配になって、看護婦に訊ねた。

「血尿のときに抗生物質をのんで、別に害はないんだろうか」

「大丈夫ですよ」

「しかし、最近の抗生物質はきついんじゃないか」

「大丈夫ですってば。守山さん、心配性だなあ」

看護婦は鼻で嗤《わら》い、嫁と顔を見合わせた。面倒な年寄りだといわんばかりに肩をすくめる。薬をまちがえたのは嫁のほうじゃないか。

それにしても、これからは薬は自分で管理したほうがいいかもしれない。嫁に任せていたら、何をのまされるかわからない。知らないうちに毒でも盛られたら、一巻の終わりだ。

そう考えていると、嫁はわたしの食欲のことを看護婦に話しはじめた。

「このごろあんまり食欲がないみたいなの」

またため口にもどっている。

「歳《とし》だからでしょ」

看護婦がぞんざいに答える。

「じゃあ、量を減らそうか」

「いいんじゃない」

何を勝手に決めているのか。わたしはふつうに食欲もあるし、食べる量だって減ってはいない。もしかして、嫁は看護婦と共謀して、わたしを徐々に弱らせるために、食事を減らそうとしているのか。

「おい、食欲は十分あるぞ」

わたしが訴えると、看護婦は作り笑いを浮かべ、「はいはい、そうですか」と軽くあしらった。横で嫁が小さく手を振り、「言ってるだけよ。ぜんぜん」と顔をしかめる。

「ほんとうだ。食事を減らす必要はないぞ」

「はい、わかりました。減らしませんよ」

嫁がまた看護婦と目配せを交わす。わたしの言うことをまるで信用していないようすだ。

腹が立ったが、わたしは黙っていた。こういう手合いは無視するにかぎる。反論しても意地になって、よけい逆らってくるだけだ。知性も教養もないくせに、高慢で、しかるべき敬意も払わない。まったく道理をわきまえない女どもだ。

ああ、またしても直腸に大便が溜まっている。

いつも気にしているせいか、大きさと数までわかる。里芋くらいのが一個、親指くらいのが二個、それに芋虫みたいに細長いのが一本だ。浣腸してもらわなければ出ない。しかし、壁の時計で時間を見ると午前二時だ。この時間だと、ブザーを押しても嫁は来ない。夜は泊まりの家政婦に任せているからだ。

少し前、夜にブザーを押したら、見知らぬ女が入ってきてびっくりした。だれだと聞くと、家政婦だという。夜は嫁が眠れないと困るので、家政婦に任せているというのだ。何という怠慢、何という無駄遣い。

金のことは言いたくないが、家政婦代は馬鹿にならんだろう。それだけ息子の負担になる。だから、夜はよほどのことがないかぎり、ブザーを押さないことにした。そうすれば、嫁も家政婦が必要ないことを理解するだろう。

しかし、この苦しい便意はどうしたものか。何とか気を紛らわせて、忘れなければ。わたしはイヤホンをはめて、ラジオをつけた。

ＮＨＫでニュース解説をやっていた。先日、神奈川県で起きた介護殺人事件だ。四十歳の女が、八十七歳の姑《しゅうとめ》の首を絞めて殺害した事件である。

女は夫と息子と姑の四人暮らしで、夫と息子が出かけたあと、発作的に犯行に及んだらしい。犯行の動機は介護疲れ。女はふだんから、姑の徘徊《はいかい》や被害妄想でストレスを抱えていて、当日も姑に金を盗《と》ったと言われ、ついカッとなったようだ。近所の住人によると、女は姑を散歩に連れていったり、おむつを買いに行ったりして、介護には熱心だったという。その彼女がなぜ凶行に走ったのか。

専門家らしいどこかの教授が解説していた。

《介護は先が見えませんから、介護者を絶望的な気分にさせます。個々の負担は小さくても、溜まるととてつもないストレスとなって、介護者を追い詰めます。そうなると、ささいな負担でも、今回のような事件が起こってしまう危険性は否めません》

ささいな負担……、浣腸の負担？

わたしは背筋が寒くなった。

嫁もたしかこの女と同じ四十歳だ。あの女もストレスを溜めているのか。大した世話もしないくせに、わずかな負担で殺されたら割に合わない。

おむつを替えた直後に便が出たら、そりゃ面倒だろう。しかし、わたしとて好きでやっているわけではない。身のまわりのことだって、できるものなら自分でやる。まさかこんな身体になるとは思わなかった。若いころから健康に気をつけ、酒もタバコもやらず、柔道で身体を鍛え、だれに後ろ指を指されることなく生きてきたのに、なぜこのわたしが、こんな目に遭わなければならないのか。

あの女は、わたしのつらさをわかっていない。尿道に管を入れられ、立ち上がることもできず、一生ベッドに縛られる無念さがわかるか。わたしの苦しみに比べたら、嫁の介護疲れなど何だ。いつでも好きなことができ、いくらでも息抜きができるじゃないか。なのにあの女は、義理の父親のわずかな介護にため息をつくのか。

嫁のため息は、これ以上ないほど露骨だ。目いっぱい息を吸い込み、腹の底から吐く。そこには多くの意味が込められている。面倒くさい、世話が焼ける、厄介者、この役立たず、おいぼれ、早くいなくなれ……。

いなくなれ？　どういうことだ。わたしに死ねというのか。あの嫁なら考えかねない。そういえば、いつか吸い飲みの水が妙な味がした。何か混ぜられたのではないか。嫁がわたしを殺しても、世間は介護疲れのせいだと同情するのか。冗談ではない。そう易々《やすやす》とやられはせんぞ。返り討ちにしてくれるわ。

わたしは息苦しくなり、胸を冷やしたいと思った。心臓が熱くてたまらない。言いようのない不快感が込み上げてくる。わたしは我慢しきれず、ブザーを押した。

しばらくすると、家政婦が寝ぼけ眼《まなこ》でやって来た。アイスノンを頼むと、ぶつぶつ言いながら台所から持ってくる。タオルを巻いて胸に当てると、呼吸が落ち着く。

……いつの間にか、ニュースが演芸に変わっていた。古い落語だ。何を言っているのかわからないが、客の笑い声が聞こえる。わたしもむかしはよく笑ったが、最近は笑うこともない。もっと明るいことを考えなければ。我慢は身体によくない。

それにしても、リハビリのうまいあの何とかいう医師は、鵜川医師のように往診をしてくれないものか。もし来てくれるなら、わたしの脚もきっと回復するだろう。いきなり歩こうなどとは思わない。まずはベッドに腰かけ、横に立つこと。これくらいはすぐできる。ついで歩行器だ。わたしは腕の力が強いから、上半身で支えれば、楽に歩ける。その次が杖《つえ》だ。最初は両手に持つらしい。それから片手の杖。前にカタログを見たら、先が四つになっている杖もあった。安定はよさそうだが、あれではいかにも身障者めいている。やはりステッキ風の杖がいい。握りに趣向を凝らした上等品を買おう。ワシとか犬の頭を彫刻したものを。

おっと、車椅子を忘れていた。歩けるようになる前に、車椅子であちこち行けばいいんだ。せっかく家をバリアフリーにしたのだから、車椅子を使わない手はない。今は電動の車椅子もあるはずだ。あれにすれば、いちいち嫁に頼まなくても一人で外出できる。いや、電動車椅子の話は、前にも嫁にしたのだっけ。嫁はあれは重いとか、よく故障するとか、悪いことばかり言い募っておった。あの女の肚《はら》は見え透いている。わたしに高い買い物をさせたくないのだ。相続する遺産が減るから。嫁はハゲタカのようにわたしが死ぬのを待っている。そうはさせんぞ。たとえ完全に寝たきりになっても、長生きしてやる。貯金はすべて使い尽くしてやる。だれがあんな嫁に遺産など残すものか。

よし、さっそく電動車椅子は注文しよう。それでどこへ行くか。まずは久々に銀座に出てみるか。いや、人混みに出るより、自然を楽しもう。多摩川遊園の土手を車椅子で疾走したら、どれほど気持いいだろう。新鮮な空気に触れれば、脚の回復も早まるかもしれない。そうしたら車椅子を降りて、川縁《かわべり》の散歩だ。しゃれたステッキをついて、ハンチングをかぶり、パイプの煙をくゆらせて……。

翌朝、嫁が部屋に来て、わたしの顔を見ずに不機嫌そうに言った。

「昨夜はたいへんだったんですって」

何のことかわからない。黙っていると、嫁は朝飯の盆をベッドの台に乱暴に置いて、例の大げさなため息をついた。

「夜中の二時にアイスノンを持って来いと言ったそうですね」

「胸が熱かったんだ」

「夜中に心臓を冷やすだなんて、どうしてそんな無茶をおっしゃるんです。ヘルパーさんが風邪《かぜ》をひくといけないからと止めると、大きな声で怒鳴ったそうですね。困りますよ、夜中に大声を出したら、まわりに迷惑でしょう」

「大声など出しておらんぞ」

「またとぼけるんですか」

「またとは何だ。やってないものはやってない」

わたしが少し大きな声を出すと、嫁はあきれたように目を剝《む》き、きつく唇を結んだ。しばらくそうやってにらみ合っていたが、嫁はやがて不満げなため息をつき、「わかりました」と言った。

「でも、あんまり無理はおっしゃらないでくださいね。わたしになら何を言ってもいいですけど、夜のヘルパーさんは慣れてないんですから」

「なら、夜もあんたが世話をしてくれたらいいじゃないか」

「できるならしてあげますよ」

そう言って、嫁はそそくさと部屋を出て行った。

できるならするとはどういう意味だ。夜は世話ができない理由でもあるのか。まったく朝っぱらから不愉快にしてくれる。こんな気持で飯など食えるか。

それにしても、嫁はなぜあんな言いがかりをつけるのか。濡《ぬ》れ衣《ぎぬ》を着せて、何を企《たくら》んでいるのか。

そう考えたとき、ふと恐ろしいことを思い出した。いつか週刊誌で読んだ記事だ。孫が無理やり祖父を痴呆《ちほう》にさせたという事件だ。

その孫は、祖父の財布をゴミ箱に捨てたり、食事を与えずに「さっき食べただろ」と真顔で言ったりして、祖父を混乱させたらしい。そんなことをされると、年寄りは不安になる。そのストレスで、祖父はほんとうに痴呆症になってしまったというのである。

嫁が企んでいるのは、これではないか。浣腸のときも同じだ。わたしに身に覚えのない行為を突きつけ、自信をなくさせ、無理やりボケさせる作戦だ。なんという卑劣な女だ。

しかし、なぜそんなことをするのか。わたしがボケたら、困るのは世話をする嫁ではないのか。

そうか、わかった。施設送りだ！

あの嫁は、わたしを痴呆老人に仕立てて、施設に送り込むつもりなのだ。そして、この家を乗っ取ろうとしている。

わたしは嫁の魂胆に、はらわたが煮えくりかえる思いだった。もう一刻の猶予もならん。息子にすべてをぶちまけ、これまでの悪行の数々を暴いてやる。息子もきっと激怒するだろう。あんな女、即刻、離縁だ。

ああいや、そうは簡単にいかない。あんな女でも、息子が選んだ嫁にはちがいない。わたしが嫁の悪口を言えば、苦しむのは息子だ。根の優しい息子は、あんな卑劣な女にも厳しくできないかもしれない。まったく、とんでもない女に引っかかったものだ。

いや、それだけではない。何かがわたしを引き止めている。わたしはあの嫁を失うのが怖いのか。まさか。しかし、嫁がいなくなれば、世話をする者がいなくなり、結局、わたしは施設送りになってしまう。施設になど入れられたら最後だ。そんなところへ行くくらいなら、死んだほうがましだ。

死んだほうがまし？

そうか……。ある意味、それは解決かもしれない。死ねばすべての苦しみから解放される。

わたしは自分の発想に慄然《りつぜん》とした。わたしの下半身は動かないが、腕にはまだ力がある。それを使えば、〝目的〟は達成できる。

ベッドに縛りつけられ、不愉快なため息を聞かされ、いやいや介護される日々に訣別《けつべつ》するのだ。虚弱老人と蔑まれ、厄介者扱いされるつらさを、そのときこそ思い知らせてやる。それまで嫁はせいぜい手抜き介護をしているがいい。

わたしの〝目的〟。それは自分で自分の人生に始末をつけることだ。その前に、嫁を亡き者にして……。

それから、わたしは嫁の殺害方法を思案することに時間を費やした。寝たきりだから、手段はかぎられる。途中で逃げられたら、追いかけることもできない。だが、寝たきりだからこそ、油断を引き出すチャンスもある。

嫁はわたしを侮っているから、いつもまったくの無防備だ。密《ひそ》かに紐《ひも》を隠し持ち、近づいてきたら素早く首に巻きつけ、思い切り絞めあげてやる。日ごろ鍛えた腕力で、ものの五分もあれば絶命させられるだろう。嫁は目を剝いて、口から泡を吹きながら死ぬ。小便も洩《も》らすだろう。ふはは。いい気味だ。

いや、嫁も必死に抵抗するだろうから、簡単にはいかないかもしれない。あの身体で暴れられたら、押さえつける自信はない。

それなら、一撃でケリがつく殴打にしようか。毎朝、トレーニングに使っている鉄アレイで殴れば、頭蓋骨《ずがいこつ》を叩《たた》き割れるだろう。嫁は何が起こったかもわからず、脳髄を飛び散らせて死ぬのだ。やはり小便を洩らす。ざまあ見ろだ。一キロでは軽いから、念のために二キロの鉄アレイを注文してもらおうか。もっと筋力をつけたいからと言って。

しかし、嫁はわたしが元気になることを嫌っているから、注文してくれないだろう。

それに、うまく殴れる位置に頭を出させるのもむずかしいかもしれない。

もっと確実な方法はないものか。たとえば、毒殺。強力な毒薬を手に入れ、わたしが飲んだ茶に混ぜて、「なんだか変だから、ちょっと味をみてくれ」と飲ます。青酸カリなら一発だ。嫁は嘔吐《おうと》しながら、もがき苦しんで死ぬ。這《は》いつくばり、尻を突き上げて、小便を洩らしながら死ぬ。うははは。なんという無様な格好か。

それとも、刃物はどうか。リンゴの皮を剝くとか何とか言って、包丁を持ってこさせる。そして、隙を見て首を刺し貫く。頸動脈《けいどうみやく》を切断すれば、いくら自分で血を止めようとしても止められない。嫁は出血多量で、自分の血の中でのたうちまわりながら死ぬ。ぜったい小便を洩らすにちがいない。それをベッドから眺めれば、さぞかし気分がいいだろう。これまでの恨みも一気に晴らせる。そうすれば、わたしも心置きなくこの世とおさらばができる。

なんだか楽しくなってきた。

生き甲斐《がい》さえ感じられる。これも嫁のおかげだと思うと、感謝したい気さえする。

食事を運んできた嫁に、わたしは言う。

「いつもすまないねぇ」

皿を並べてくれるだけでも笑顔を向ける。

「あんたには苦労をかけるなぁ」

嫁はわたしの変化をいぶかしむが、ふてぶてしい態度を変えない。それでいい。妙にしおらしいことなど言われたら、和解の雰囲気になるかもしれない。それは困る。わたしを蔑み、厄介者扱いしてきた罪を、そう簡単に許すわけにはいかない。

嫁の殺害シーンをあれこれ考え、わたしは実行のチャンスを待った。絞殺、撲殺《ぼくさつ》、毒殺、刺殺のどれにしようか。いずれも捨てがたい魅力がある。そう思うと、嫁を一度きりしか殺せないことが、惜しいような気さえしてきた。


木曜日の午後は、鵜川医師の診察がある。隔週だから来る週と来ない週があるが、今週は来るはずだ。

午後二時五分。待っていると、扉にノックが聞こえた。

「失礼します」

鵜川医師が看護婦といっしょに入ってくる。嫁がベッドの横に椅子を持ってくると、鵜川医師はゆっくりと腰を下ろして、ていねいな口調で訊ねた。

「身体の具合はいかがですか」

わたしは〝目的〟を悟られないように、平然と答えた。

「おかげさまで、どこも悪くありません。先生もお忙しいですなぁ」

「これがわたしの仕事ですから」

鵜川医師は鷹揚《おうよう》に応《こた》え、嫁に訊ねる。

「オシッコの管は詰まっていませんか」

「はい。おかげさまで」

「それはよかった」

カルテに何か書き込んでから、鵜川医師は看護婦に血圧と脈を計らせた。わたしの指に小さな器械をはめ、看護婦が数字を読み取る。その報告を受けて、穏やかに言った。

「血圧は一四二の八八、脈拍七二、酸素飽和度は九八パーセントです。絶好調ですね」

「ありがとうございます」

わたしはこの先生が好きだ。診察を受けるだけで元気が出てくる。まだ若いから、教授とか部長とかの肩書きはないだろうが、きっと名医にちがいない。聴診器の当て方も機敏だし、腹を押さえる手も柔らかい。

「では、今日もオシッコの管を替えましょうね」

鵜川医師が言うと、看護婦が新しい管を用意しはじめた。嫁が立ち上がり、パジャマのズボンと股引《ももひき》を引き下げる。がさつな動作で紙おむつの前を開け、陰部を露出する。わたしはカッと頭に血が上る。男として、いや人間としての尊厳が、こうも無神経に踏みにじられてよいものか。

まあいい。今に見ていろ。この嫁はまもなく罪の報いを受けるのだ。そして、わたしは解放される。

「ちょっと、冷たいですよ」

鵜川医師が尿道の先端を消毒する。手元で何か操作をして、古い管を抜く。一瞬、身震いするような快感が走る。こんなときに、情けない。わたしは必死で耐える。ふたたび消毒して、麻酔のゼリーを塗った新しい管が挿入される。鵜川医師のゴム手袋の指がわたしの局部を刺激する。嫁や看護婦の見ている前で、陰部をさらけ出し、尿道に管を入れられ、快感に貫かれる。拷問《ごうもん》だ。

鵜川医師は管が正しい位置に入ったことを確認して、「はい、終わりました」とにこやかに言った。

「ほかに調子の悪いところはありませんか」

「いや、別に」

わたしが答えると、横から嫁がずるそうな上目遣いで鵜川医師に言った。

「あの、このごろまた、妙なことを言うんですけど」

「どんなことです」

「この寒いのに、夜中にアイスノンを持って来いと言って、心臓を冷やすなんて言うんです。風邪をひくといけないからと、ヘルパーさんが止めると、大声を出して怒ったりして」

落ち着け。ここで取り乱せば相手の思うつぼだ。わたしはいっさい表情を動かさず、知らん顔を決め込んだ。鵜川医師を信じろ。この先生はでっち上げにだまされるような人ではない。

鵜川医師は公平な調子でわたしに訊ねた。

「守山さん、そうなんですか」

「いいえ。そんなことはありません」

私も冷静に答えた。そら見ろ。先生はやっぱりわたしを信じてくれている。

ところが次の瞬間、鵜川医師が奇妙な表情を見せた。唇を歪《ゆが》め、片目に一瞬の皺を寄せたのだ。何の目配せか。

「前の浣腸のときと同じですね」

嫁がうなずく。鵜川医師はわたしに嚙《か》んで含めるように言った。

「守山さん、わたしはその場にいなかったので、夜中に大声を出されたのかどうかはわかりません。でも、風邪をひいたらよくないのは、おわかりでしょう。できるだけ、身体は冷やさないようにしてください」

「わかりました」

わたしは憮然《ぶぜん》として応え、目を逸《そ》らした。

「それじゃ、今日はこれで」

鵜川医師が立ち上がり、嫁に先導されて部屋を出て行った。あの先生は、わたしより嫁の言い分を信じたのか。最後の言葉はいかにもおざなりだった。どちらがほんとうのことを言っているのか、わからないのか。

嫁はわたしのいないところで、鵜川医師を丸め込もうとしているのではないか。あの嘘つき女なら、何を言うかしれない。訪問看護婦と組めば、嫁のでたらめも信憑性《しんぴょうせい》を増すだろう。このままでは施設送りにされてしまう。一刻も早く、あの嫁を亡き者にしなくてはならない。しかし、どうやって、あの嫁を、どうやって殺して、ああ、頭が混乱する。わたしはどうやって……。

ふと、玄関で嫁と鵜川医師が話している声が聞こえた。

——……困ってます。ええ、大声で……。

——そうとう進んで……。残念ですが、痴呆症……。

——でしょう。夜中にアイスノン……。

玄関はわたしの部屋の外にあるから、窓が開いていれば声が筒抜けなのだ。嫁が玄関で鵜川医師を言いくるめようとしている。わたしに痴呆の診断をつけて、無理やり施設送りにするつもりだ。

「鵜川先生！」

わたしはたまらず叫んだ。「先生、もどってきてください。ちがうんだ。嫁は嘘を言っている。信じないでくれ」

恐ろしい不安が込み上げ、居ても立ってもいられなくなった。

「息子を呼んでくれ。今すぐ、ここへ呼んでくれぇ！」

わたしは力のかぎり叫んだ。扉が開いて、だれかが駆け込んできた。おかしい。昼間なのに、窓の外が真っ暗だ……。


壁の時計を見ると、午後九時二十五分だった。いつの間にこんな時間になったのか。玄関から呼びもどすだけなのに、鵜川医師が来るまで七時間近くもかかった。嫁はずっと部屋にいたから、口裏合わせをしていたわけではあるまい。待っている間、わたしは気持が沈み、何とも言えない憂鬱な気分に陥った。

鵜川医師がやってくると、嫁や家政婦が「遅くにすみません」と、しきりに頭を下げた。わたしは全身が泥沼にはまったようで、だるくて仕方がない。

「また興奮発作ですね。少し落ち着きましたか。徐々に間隔が短くなってきたみたいだな」

鵜川医師が言うと、嫁が困惑げに説明した。

「部屋の外で、先生とわたしの声が聞こえたとか、わたしが守山さんを無理やり認知症にさせてるとか言うんです」

「わたしと立川《たちかわ》さんの声ですか」

「ええ」

嫁は情けなさそうな笑みを浮かべた。鵜川医師が、わたしに穏やかに聞く。

「守山さん。今、ご気分はいかがですか」

「……大丈夫です」

「診察のあと、わたしの声が聞こえたんですか」

「そうです。窓の外は玄関になっとりますから、窓が開いていたら声が聞こえるんです」

鵜川医師は嫁と顔を見合わせ、小さなため息をついた。

「どんな内容でしたか」

「わたしが痴呆症だと。そうとう進んでいると。先生、嫁はでたらめを言っておるんです。だまされんでください。わたしはまだ六十八歳なのに、痴呆になどなるわけがない」

わたしが首を持ち上げて懸命に訴えると、鵜川医師は申し訳なさそうに言った。

「でも守山さん、わたしは『認知症』という言葉は使いますが、『痴呆症』とは言いませんよ。それに、あなたは今、八十六歳です」

何を馬鹿なことを。自分の歳をまちがえるはずがない。生年月日を思い浮かべるが、頭が混乱して計算できない。嫁が横から口出しをした。

「守山さんはそう思い込んでいらっしゃるようです。ときどき思いついたように年齢とか日付を言ってますが、日付はいつも八月ですから」

「いつも八月とは何だ。今はまちがいなく八月だろう。そこのカレンダーを見てみろ」

わたしはテーブルの卓上カレンダーを指した。すると嫁は情けなさそうな顔で言った。

「これは、守山さんが浣腸の印をつけるから触るなと言って、八月のままめくらずに置いてあるのでしょう。今日は十二月十日ですよ。だからほら、この部屋も暖房がかかってるじゃないですか」

暖房？　壁のエアコンを見上げると、赤いランプがついている。あれはクーラーではないのか。手をかざすと温風が指をかすめた。わたしは混乱したが、とっさに嫁の悪行を思い出した。

「ああ、そうだ。鵜川先生、聞いてください。今まで黙っていましたが、この嫁はわたしが浣腸をしていないのに、勝手にカレンダーに丸をつけてだまそうとするんです。だから、わたしは目印をつけて」

何とか一矢《いっし》報いてやろうとすると、鵜川医師がそれを遮った。

「その話は、もう何度もお聞きしました。丸に尻尾の目印をつけたのでしょう。でも、それは守山さんがご自分で尻尾を書き忘れたのだと、納得されたじゃありませんか。日付を書いた使用済みの浣腸をご覧になって」

まさか。自分はいったいどうなってしまったのか。わたしが動揺すると、鵜川医師はさらに追い打ちをかけるように言った。

「守山さん。それに立川さんはお嫁さんじゃありませんよ。彼女はここの主任ヘルパーで、守山さんの担当なのです。今日はもう帰宅されていましたが、守山さんがどうしても呼べとおっしゃったので、また来てもらったんです」

「ここの、とは、何です」

「このグレース多摩川のですよ」

グレース多摩川。何だそれは。わたしが腑《ふ》に落ちない顔をすると、鵜川医師が説明した。

「老人介護施設ですよ。だからね、窓の外が玄関ということはあり得ません。この部屋は四階ですから」

ここが四階？　嘘だ。この医者も嫁とグルになってわたしを陥れようとしているのだ。わたしは信じない。ここはわたしの家だ。窓の外にはヤツデが植わっていて、その横には石灯籠《いしどうろう》があるはずだ。窓を開ければわかる。

「先生。そんな話はもうたくさんだ。息子を呼んでもらいましょう。すぐ連絡してください。親の一大事だと言って」

わたしは懸命に冷静さを保ち、毅然《きぜん》として言った。息子が来れば、すべて明らかになるだろう。この医者も、いい加減なことは言えないはずだ。嫁の嘘もみんな暴かれる。

今度こそ許さない。もう限界だ。今日こそ悪の報いを受けさせてやる。

鵜川医師が黙っている。さすがに息子を呼ばれたら困るのだろう。さあ、早く、息子に連絡を……。

そのとき、急に涙があふれ出した。なぜだ。わからない。しかし、とてつもない絶望感に襲われる。

奇妙な沈黙。

「思い出されましたか」

ヘルパーが仏壇をそっと開く。息子の写真だ。そうだ。孝太郎は二十五年前、死んだのだった。直腸がんが肝臓に転移して。わたしが自分で手術をしたのに、息子を救ってやれなかった。ああ……。

鵜川医師が静かに言った。

「守山さん、今は正気になられたようですから、ご説明します。守山さんの認知症は、レビー小体型《しょうたいがた》というもので、正気のときと認知症が混じるまだらのタイプなのです。妄想や幻覚もありますから、守山さんが聞いた声も幻聴でしょう。さまざまな思い込みも、妄想の一種だと思われます。だから、あまり思い詰めないでください」

そんな馬鹿な。だがしかし、ここはたしかに家ではない。

「わたしが思い込んでいるのは……、すべて現実ではないということですか」

「すべてというわけではありません」

「何が正しくて、何がまちがっているのか、どうすればわかるのです」

「それは、ひとつずつ確かめていただくしかないですね」

「認知症ということは、記憶も薄れていくのですね。いずれ、自分がだれかもわからなくなるのか」

「それは人によりますが」

鵜川医師は言葉を濁したが、覚悟しなければならないのだろう。こめかみに泥水のような汗が流れる。

なぜこんなふうになってしまったのか。自分でもわからない。わたしは長く生きすぎたのか。それでも死ねない。恐ろしい。

「今は、はっきりわかります。わたしが医師だったことも。そうでしょう」

「ええ。守山さんは、高名な消化器外科の教授でいらっしゃいました」

「そうですか。もうひとつ、確かめたいのですが、わたしの妻は、もう死んでいるのでしょうな」

「そうお聞きしています」

よかった。妻を一人残しているのではなさそうだ。

「妻の名前は、澄代、でいいのですか」

鵜川医師が目顔で問うと、主任ヘルパーの立川さんが優しく答えた。

「そうですよ。奥さんは澄代さんです」

立川さんが仏壇の奥から澄代の写真を取り出して見せてくれた。澄代が心配そうにわたしを見ている。自分はまともだと思っていたが、そうではなかった。知らぬがホトケとは、このことだ。

「先生、今夜は眠れそうにないです。強い安定剤をいただけますか」

「ええ。発作を起こされたときのために、熟睡できるお薬を出してありますよ。ご安心ください」

薬をのもう。熟睡できる薬を。そういえば、前にも同じ薬をのんだ。あのときも、よく眠れたはずだ。


……………


ああ、昨夜はよく寝た。ぐっすり眠って、何も覚えていない。

いや、何か、気がかりな言葉が頭に引っかかっている。

——知らぬがホトケ。

なぜ、そんなことを思い浮かべるのか、理由はわからない……。

# シリコン

夢みたいって、こういうことなのかな。

目の前に広がるノルマンディーの海を見ながら、わたしは思った。垂直に切り立った白亜の断崖《だんがい》が、真っ青な空に映える。崖《がけ》の途中から象の鼻のように海面に伸びた奇岩。印象派の巨匠モネの絵でも有名なエトルタの海岸に、とうとうやってきた。

崖はあくまで鋭く切り立ち、水平に走る地層は白いバームクーヘンの縞模様《しまもよう》のようだ。象の鼻の向こうには、「エギュイユ（針）」と呼ばれる岩が、槍のように突き出ている。高さ八十メートルのあの断崖に、わたしはこれから登る。崖の反対側に道がついているから、軽装の観光客でも登れる。でも早朝のこの時間には、まだだれもいない。

ほんとうは三日前に着いているはずだったが、空港で荷物がロストになって、パリで足止めを食らったのだ。成田からの直行便なのに、荷物が紛失するなんて、やっぱりわたしは極めつきの不運女らしい。

――夕子《ゆうこ》。おまえはほんとうに運が悪いねぇ。

十歳の七夕祭《たなばたまつ》りのときに、母に言われた。はじめて浴衣《ゆかた》を買ってもらって、楽しみにしていたのに、大雨で中止になった。でも、悲しかったのは、祭りが中止になったことより、母の言葉に、どこかおもしろがるような響きが混じっていたことだ。

道で犬に咬《か》まれたときも、母は揶揄《やゆ》するように言った。

——おまえは損をするために生まれてきたような子だね。

このときも咬まれた傷より、母の冷たい言葉のほうが痛かった。たぶん、母はわたしを嫌っていたのだろう。親子でも相性はある。おまえは望まない妊娠で生まれたと、ずっと言われた。堕ろすタイミングを逸したので、産むしかなかったのだと。

父は酒癖が悪くて、ロクに仕事もしなかったから、母は生活苦の八つ当たりをわたしにしたのかもしれない。そんな母も、わたしが高校二年のときに乳がんで死んだ。父とはもっと以前、わたしが中学校に上がる前に連絡が取れなくなっていた。

母の直感が正しかったのか、わたしの運の悪さは並大抵ではなかった。小学校の遠足のとき、お弁当を食べようと、何気なく手をついたら犬のウンコがあった。ものすごいにおいがして、みんなが逃げた。小児喘息《しようにぜんそく》、アトピー、蓄膿《ちくのう》、ヘルニアと、子どもがなる厄介な病気はみんなかかった。中学校のときには、クラス全員で苦労して飾った文化祭の生け花を、展示の直前に倒してだめにした。みんなが怒り、土下座して謝っても許してもらえなかった。通学の途中でカラスのフンが頭にかかったこともある。高校では雑巾《ぞうきん》バケツにつまずいて、好きだった男の子の前で転んでパンダ柄のショーツが丸見えになってしまった。死にたくなるほど恥ずかしくて、あのときほど自分の運命を呪ったことはない。

子どものころから鈍《どん》くさくて、要領も悪くて、みんなに嫌われていた。勉強も運動もだめで、何の取り柄もない。子供会のポートボールでは、最後に逆転のボールをキャッチし損ねて、みんなを失望させた。

母が亡くなってから、伯母の家に預けられたが、台所を手伝おうとして、醬油《しょうゆ》の一升瓶を割ったこともある。買ってもらったばかりの定期券を落としたり、バーゲンに行ったら目当ての品だけが売り切れていたり、電車でおじいさんに席を譲ると年寄り扱いするなと怒鳴られたり、することなすことうまくいかない。わたしの惨めな一生は、あんまり運が悪すぎて、そのまま書いても喜劇にしかならない。ほんとうは、とても悲しかったのに。

高校を卒業したあと、わたしは独《ひと》り暮らしをはじめた。仕事は焼き肉屋の店員とか、ホテルの清掃係とか、老人ホームのヘルパーとか、いくつも変わった。そのたびに失敗したり、お客を怒らせたり、上司にいじめられたりした。今度こそがんばろうと思うけれど、うまくいかない。きっとわたしは、そんな星の下《もと》に生まれていて、自分ではどうにもできない運命にあるのだろう。

だから、できるだけ目立たないようにして生きてきた。だれにも見向きもされず、声もかけられない。仕事をやめるときも、だれもわたしを引き留めない。わたしは空気のような存在で、いなくなってもだれも気にも留めないのだ。

あるとき、わたしは駐車場の吹きだまりで、バッタの死骸《しがい》を見つけた。二月の寒い日だった。バッタが真冬まで生きているはずもなく、きっと前の年の秋に死んだのだろう。だれにも気づかれないまま、この駐車場に吹き寄せられたにちがいない。胴体の緑の色が抜けて、ドライフラワーみたいになっていた。そっとバッタを拾い上げ、生け垣の根本に埋めてやった。両手を合わせ、成仏してねとつぶやく。わたしもいつか、だれかに手を合わせてもらえるかなと思いながら。

昨夜はエトルタでいちばん高級なホテルに泊まった。

人生は前向きでなければならない。だから、料理もいちばん高いコースにした。でも小柄なわたしには、どの料理も多すぎる。スープも前菜も、それだけで満腹になりそう。仕方がないから、二口か三口味を見て、あとは残した。お店の人には申し訳ないけれど、これ以上お腹に入らないのだと、身ぶりで説明をして。

ホテルの部屋がまた豪華だった。前室つきのスイートで、天蓋を掛けたベッドに高級な応接セット。猫脚のカウチがベッドの足元に置かれていた。これはナポレオンの妻ジョセフィーヌが好んで寝そべったのと同じ形らしい。わたしも横になってみたが、とてもじゃないが大きすぎる。

わたしは身長一五二センチ、体重四四キロで、バストはもともとトップが七五センチ、アンダーが七〇センチの薄い胸だった。わたしはこの胸がずっとコンプレックスだった。コンプレックスならほかにもいろいろあるだろうなんて、突っ込まないでほしい。なぜ胸がそんなに気になるのか、自分でもわからない。母が乳がんだったことは関係ないと思う。母の胸は人並み以上で、形もよかった。なぜそれが遺伝しなかったのか。ほかは何もいらないから、それだけでも受け継ぎたかったのに。

胸は高校に入ってもほとんど成長しなかった。高校生くらいなら、胸の小さな子はいくらでもいたはずだ。なのにわたしだけがからかいのターゲットにされた。六月の衣替えのころから、「洗濯板」「ブラいらず」などと囃《はや》し立てられ、「貧乳」「上げ底」「えぐれ胸」と心ない言葉を投げつけられた。だから、二年生の修学旅行では、みんなと大浴場に入れなかった。担任に頼んで、教師用の部屋で内湯を使わせてもらったら、なぜかそれがクラスに洩れて、よけいにからかわれた。

「胸が軽いと楽でしょ」

「オトコにじろじろ見られなくていいじゃん」

「胸があると肩凝りつらいよー」

毒をまぶしたような同性の慰めが耳に突き刺さる。だから、わたしは胸を大きくするために、涙ぐましい努力をした。毎日、牛乳を一リットル飲み、豊胸マッサージを欠かさず続けた。弁当には胸を成長させるという豆腐や山芋を詰め込み、肋骨《ろっこつ》の下にある豊胸のツボも刺激しまくった。「信じてやろう！　大胸筋エクササイズ」も信じて続けた。女性ホルモンを含むサプリメントを買い、ピンク色を身につけるとホルモンの分泌《ぶんぴつ》が高まると週刊誌で読むと、似合いもしないピンクの服ばかり着て、「ピンク馬鹿」と嘲られた。

努力はすればするほどやめられなくなる。卒業してからも、必死にお金を貯《た》めて豊胸エステや豊胸ヨガに通った。高価なバストアップ下着も買い、光豊胸、リンパ豊胸、超音波豊胸も試した。けれど、どれもこれもまやかしで、結局、時間とお金を無駄にしただけだった。

かくなる上は最後の手段、豊胸手術しかないと思った。どうしてわたしはそこまで胸にこだわるのか。決して男がほしいからじゃない。胸のせいで恋人ができないと思い込むほど、浅はかではないつもりだった。胸を大きくするのは自分のため。女として、せめてわずかな膨らみがほしかった。

思い詰めたらそれしか考えられないのは、わたしの悪いクセだ。でも、馬鹿だった。せめてきちんとしたところを選べばよかったのに、値段だけ見て安い美容整形に行ってしまったのだ。そこはシリコンとヒアルロン酸の注入で、自然なバストアップを実現するというクリニックだった。費用は二十万円。安全で手軽で、しかも効果は半永久的だという。そんなうまい話があるわけがないと、今ならわかる。でも、あのときはまだ二十二歳で、とにかく豊かな胸がほしいということ以外、何も考えられなかったのだ。

注入は全部で四回。まずヒアルロン酸を注射して、組織を広げてからシリコンを注入する。一回の穿刺《せんし》で、五〇ミリリットルくらいのシリコンを分散しながら乳腺《にゅうせん》の間に入れる。まんべんなく広がるようにと、医師は細かく注入した。わたしはそのていねいさを喜んだ。

できあがったバストは八六センチ。決して大きくはないけれど、それくらいがわたしにはお似合いだ。あまり欲張るとロクなことはない。

シリコンの注入が終わった直後は、自分でもうっとりするような仕上がりだった。自分の胸が愛《いと》おしくて、手の平をそっと当てたり、何度も向きを変えて鏡に映してみたりした。

仕事にも積極性が出て、その少しあとにはじめた仕事は、六年たった今も続いている。五反田《ごたんだ》にある「サウナメトロポリス」のマッサージ嬢。わたしはそこでタイ古式マッサージを担当している。

タイ古式マッサージは、指圧とストレッチが基本で、SENと呼ばれるエネルギーの流れ道に沿ってリズミカルに圧迫を加えていく。自分の足で客の脚を固定し、皮膚を緩め、筋肉をほぐし、関節を伸ばす。最初に基本を教わっただけだが、わたしの施術は評判がよく、指名の客もどんどん増えた。

アロマの漂う薄暗い部屋で、客の顔にタオルを載せ、ただ黙々とマッサージをする。短くて三十分、長いコースは二時間。この仕事はわたしに向いている。おしゃべりをする必要もないし、同僚に意地悪をされることもない。だから、わたしは自分でも本を読み、少しでもテクニックを高めるよう努力した。

でも、そこは超不運女のわたしのこと。いいことばかりがあるはずはない。わがままな客に困らされたり、身体に触りたがるセクハラ親父《おやじ》に悩まされたり。店長に頼まれて、ヤクザの事務所に出張マッサージに行かされたこともある。サウナの会社に関わりのある暴力団で、刺青《いれずみ》があるので来店できないというのだ。そんな汚れ仕事をさせられるのも、わたしがいつやめてもいいと思われているからだろう。店長は「柘植《つげ》さんのマッサージは評判がいいから」などと言っていたが、若い女の子に行かせて、やめると言われると困るので、古株のわたしばかり行かせるのだ。でも、わたしは仕事をやめるわけにはいかない。場合によっては、何百万円というお金が必要になるかもしれなかったから。

そのわけは、シリコンを入れたこの胸だ。はじめはきれいだったのに、注入から三年ほどで変形しはじめ、表面がでこぼこしてきた。それからさらに一年ほどすると、膨みのあちこちにいやな痼《しこ》りができた。小さいので米粒くらい、大きいのは黒豆くらい。わたしは怖くなって、すぐに近くの医者に行った。母と同じ乳がんを心配したのだ。

診察した医師は、「がんではありませんよ」と嗤った。声に軽蔑《けいべつ》の響きがこもっていた。わたしが安物の豊胸手術を受けたことが一目でわかったのだろう。わたしは惨めだったが、恥のかきついでだと思い、医師に訊ねた。

「この胸をもとにもどすことはできますか」

「うーん。これはちょっと特殊な方法だな」

指先で乳房を細かく押さえながら、医師は薄笑いを浮かべた。

「ひょっとすると、何百万もかかる手術になるかもしれない」

わたしはびっくりしてその医院を飛び出した。もとのクリニックに相談しようと思って行くと、不動産屋に変わっていた。ネットで調べると、わたしが豊胸手術を受けた「夢野クリニック」は、いい加減な治療で患者からの苦情が殺到し、三年も前に廃業に追い込まれていたのだ。知らなかった。信頼できるクリニックだと思ったのに。

それからわたしは懸命に貯金に励んだ。もともと胸の投資以外は無駄遣いをしないから、百五十万円くらいの貯金はあった。でも、それで足りるだろうか。手術すべきかどうか迷いながら、鬱々とした毎日を過ごしていたとき、あるセクハラ客にひどいことを言われた。

「何だ、この胸、気色悪い。作り物か」

薄暗いのをいいことに、わざと胸に触れてのひとことだった。

もう待てない。わたしは仕事を休んで、近くの外科医院に行った。わたしはまだ若いから、やりなおせるはず。それに自分の乳房も、少しずつ膨らんでいた。指で触るとわかる。シリコンとはまるでちがう自然な弾力の膨らみだった。だから、シリコンを取っても大丈夫。小さくてもいいから、ほんとうの自分の胸にもどすんだ。

ところが、わたしの胸を診察した医師は、むずかしい顔でこう言った。

「これはこのままにしておいたほうがいい」

どうして。せっかく一大決心をしたのに。説明を求めると、医師はレントゲン写真をボールペンで叩きながら言った。

「あなたの胸のシリコンは粒状になって乳腺に食い込んでるから、簡単には取れないんだ。これを取ろうと思ったら、たいへんな手術になる」

「でも、取れないことはないんでしょう。なら、お願いします。わたし、もとの胸にもどしたいんです」

「このままでも死ぬわけじゃないんだから、運が悪かったと思ってあきらめるんだね」

なぜそんな言われ方をしなければならないのか。わたしが安物の豊胸手術をしたのが悪いのはわかっている。でも、医師がそんなに簡単に患者にあきらめろと言っていいのか。

別のクリニックにも行ってみたが、似たようなことを言われただけだ。豊胸手術に失敗して、それだけでも恥ずかしいのに、もとにもどしたいと言ったら門前払い。愚かな整形女。そんな視線が突き刺さる。手術を後悔して自己嫌悪に苛《さいな》まれる者の苦しみを、どうしてわかってくれないのか……。

あのころのことを思い出すと、今でも胸が締めつけられる。惨めで、暗く、出口の見えない日々。

わたしははっと顔を上げる。いつの間にかうつむいて歩いていた。せっかくきれいなところに来たのに、地面ばかり見ていてはもったいない。エトルタの断崖に続く浜辺には、色とりどりのカヌーや小型ヨットが引き上げられている。その原色と白い砂のコントラストが美しい。舗装された遊歩道の先まで行くと、石の階段があった。ここからいよいよ崖の上に向かう。

シリコンを取り去る手術は、どこのクリニックでもむずかしいと言われた。わたしはとっさの思いつきで、大学病院ならどうでしょうと訊ねた。

「まあ、大学病院ならできるかも。でも、いきなり行っても診《み》てもらえないよ。紹介状がなきゃ」

「じゃあ、紹介状を書いてください。お願いします」

希望の光を見た思いで、わたしは頭を下げた。しかし、医師の反応は冷ややかだった。

「あのね、大学病院はがんとか心筋梗塞《しんきんこうそく》とか、命にかかわる病気を治療するところなんだ。こんな美容整形の尻ぬぐいを持ち込んだら、僕が笑われるよ」

そう言って医師は紹介状を書いてくれなかった。わたしはあまりの悲しさに、涙も出なかった。整形手術を受けた女は、生涯、その烙印《らくいん》から逃れられないのか……。

でも、大学病院をあきらめることはできなかった。紹介状がなくても、ひとつくらい診てくれるところがあるのじゃないか。そんなふうに考えていたとき、サウナの客から思いもかけないことを聞いた。大学病院は紹介状なしでも診察してくれるというのだ。

「日本は皆保険《かいほけん》制度だからね。保険証さえあれば、どこの医療機関にでも行けるんだ」

その客は医師会の関係者らしかった。それならまちがいないかもしれない。

わたしは不安と期待を胸に、家から近い文京《ぶんきょう》医科大学病院に行ってみた。十八階建ての宇宙ステーションみたいに立派な建物だ。見上げるような玄関が、紹介状のないわたしを威圧するようだった。総合受付に行き、受診票を書いてから、蚊の鳴くような声で「紹介状はありません」と先に言った。途中でばれて、ズルをしていると思われたくないからだ。断られるかと思いきや、何も言われず、診察ファイルを渡された。

キツネにつままれたような気分で、外科外来の待合室に行った。年配の人が多く、わたしのような若い患者はいない。みんな大学病院慣れしているようで、堂々としている。きっと特別な紹介状を持っていたり、強いコネがあるのだろう。わたしみたいに保険証だけの患者は一人もいないように見えた。

朝一番に受付をすませたのに、診察室に呼ばれたのはもう昼前だった。取調室のようなところに入れられ、無愛想な医師にいろいろ聞かれた。大学病院では、本番の診察の前に若い医師が予診をとるらしかった。シリコンを取ってほしいと言うと、医師は、「はあ?」というように身体をのけぞらせた。やっぱり場ちがいなのだ。もう帰ろう。いったん外廊下に出て、出口へ向かいかけたとき、名前を呼ばれた。仕方がないので、謝ってから帰ろうと診察室に入ると、思いもかけない運命が待っていた。

座っていたのは、四十代前半のいかにも優秀そうな医師だった。髪を軽くウェーブさせ、すらりとした長身に皺ひとつない白衣をまとっている。涼しげな目、形のよい鼻、清潔そうな口元。まるで俳優のようなイケメンだった。

「こんにちは。准教授《じゅんきょうじゅ》の岸上《きしがみ》です」

「はあ。あの、よろしくお願いします」

わたしは肩をすぼめ、どぎまぎしながら頭を下げた。まだ若いのに准教授。しかもこの美形。天は二物を与えることもあるんだと感心した。実際は二物どころではなかったのだが。

岸上は電子カルテの記載を読みながら、眉根を寄せた。やはりわたしは大学病院にはふさわしくない患者なのだ。整形手術に失敗したバカ女と思われ、別の病院へ行けと言われるにちがいない。

覚悟して目を伏せると、温かみのある穏やかな声が聞こえた。

「胸のシリコンを除去してほしいんですね。入れたのは六年前？」

「……はい」

「じゃあ、ちょっと診ましょう」

意外な言葉に、思わず惚《ほう》けたようになった。焦ってブラウスの前を開き、ブラも取ろうとしたが、ホックがなかなかはずれない。金具が曲がるほど力を入れてやっとはずすと、見るも無惨な乳房が露《あら》わになった。肌が汗ばむ。しかし、岸上は気にするようすもなく、人差し指と中指で皮膚をたどるように触診をした。

「うーん。これはちょっと厄介かも」

大学病院でもむずかしいのか。しかし、こんな偉い先生に診てもらったのだから、あきらめもつく。悪い状況に先回りして備えていると、岸上はパソコン画面のスケジュール表を見ながら、わたしに訊ねた。

「柘植さんは、来週でも入院できますか」

一瞬、何のことかわからなかった。横にいた看護師が呆気《あっけ》にとられたようすで、岸上の耳元に顔を寄せた。聞こえよがしにささやく。

「先生が担当されるんですか」

先だな」


「そうだよ。何か問題でも」

正面切って聞き返され、看護師は憮然とした表情でもとの位置にもどった。

「柘植さんの都合が悪いのなら、次にスケジュールが空くのは、うーん、ちょっと先だな」

「いいえ、来週で大丈夫です。何曜日に来ればいいですか」

わたしは夢中で身を乗り出した。このチャンスを逃すと、一生後悔するとでもいうように。

「じゃあ、火曜日に入院してくれるかな。手術は木曜日の午前。こちらの都合に合わせてもらうみたいで悪いけれど」

「とんでもないです。ありがとうございます。よろしくお願いします」

わたしは膝にぶつけるほどの勢いで頭を下げた。

まるで夢のようだった。あれだけ苦しみ、悩み、あちこちの開業医で断られ、悲しい思いをしてきたのに、飛び込みで入った大学病院で、あっという間に手術の予定が決まってしまった。しかも、イケメンの准教授が直々《じきじき》に担当してくれるという。これを幸運と呼ばずして何と言おう。わたしは入院案内の書類をもらい、天にも昇る気持で大学病院をあとにした。

翌週の火曜日、わたしは洗面具など入院に必要なものをそろえて大学病院に行った。部屋は七階の外科病棟。病室に入ると、若い医師が「受け持ちの岡田《おかだ》です」と挨拶に来た。岡田は大学を出たばかりの研修医で、主治医の岸上を補佐する役目らしい。これまでの病気やシリコンを入れたときのことなどを質問したあと、岡田はベッドの周囲にカーテンを引いて、わたしの胸を診察した。岸上やほかの開業医に比べるとぎこちないが、真剣さはいちばんだ。

診察のあと、「わからないことがあったら、何でも聞いてください」と言ったので、「よろしくお願いします」と頭を下げた。気さくで初々しい青年だ。

病室は四人部屋で、わたし以外はみんながんの患者だった。すでに手術を終えた食道がんと直腸がん、金曜日に手術予定の胃がんの三人。食道がんと直腸がんの人はもうすぐ退院の予定で、胃がんの人も早期らしく、部屋の雰囲気は暗くはなかった。

「あなた、岸上先生が担当なの。いいわねぇ」

五十代半ばの直腸がんの女性が言った。同年配の食道がんの人も起き上がってうなずく。

「ほんと。うらやましいわ。でも、あなたのおかげで、岸上先生がこの部屋に来てくれるんだから、余禄《よろく》ね」

「わたしも岸上先生に手術してもらいたいな。あの先生のメスさばきは神業的《かみわざてき》だっていうから」

四十代前半の胃がんの女性がため息をつく。

「そうなんですか」と小声で問うと、食道がんと直腸がんの二人が口々にまくしたてた。

「岸上先生はね、文京医大のブラック・ジャックって言われてるのよ」

「家柄だってすごいんだから。四代続いた医者の家系で、お父さまは都立病院の院長、お祖父《じい》さまは創陵《そうりよう》大の教授だったらしいわよ」

「それにスポーツマンだしね。夏は別荘でテニスとヨット、冬はスキーで、優雅な暮らしだって」

「奥さまも〝超〟のつくセレブなのよ。外交官のお嬢さまで、父親は元駐英大使。二人のお子さんは秀学院と聖英女子の付属に行ってるし」

「よくご存じですね」

「そりゃそうよ。何てったって評判の准教授なんだから」

三人のがん患者はそれぞれにうなずいた。

当の岸上は、その日の午後、さっそうとした足取りで病室に入ってきた。

「やあ、来ましたね。体調は悪くありませんか」

「はい」

「今日と明日で心電図や呼吸機能の検査をします。若い柘植さんには必要ないかもしれないけど、一応、全身麻酔ですから」

そう言ってさわやかに微笑《ほほえ》む。こちらの顔が赤らむほどの優しい笑顔だ。同室の三人も息を殺して岸上を見ている。

夕方、岡田がようすを見にきたので、わたしはそれとなく聞いてみた。

「岸上先生って、評判いいみたいですね」

「そうですよ。優秀だし、教授のウケもばっちりですからね」

岡田によれば、岸上は手術の腕ばかりでなく、研究面でも優れた業績をあげ、同期のトップでアメリカに留学し、若くして准教授に抜擢《ばってき》されたエリート中のエリートだという。ユーモアもあるし、話もうまい。豪邸に住み、奥さんも美人で、車も高級外車を乗りまわしているらしい。容姿、才能、職業、家柄、どれをとっても非の打ちどころがない。まるで幸せになるために生まれてきたような人だ。わたしとは正反対。

「やっぱりすごいわねぇ」

「ほれぼれしちゃうわ」

「並みの人間とはできがちがうのよね」

同室の三人がいつの間にか話に入ってきて、それぞれに感心した。

「でも、けっこう気分屋で、困ることもあるんですけど」

岡田がわたしに秘密を洩らすようにささやいた。

「たとえばどんな」

「そうですね。ちょっと無神経というか」

「だれでもひとつくらい欠点はあるわよ」

直腸がんの女性が、岡田に荒っぽい言葉を投げた。「そうよ、そうよ」とほかの二人も同調する。たしかに岸上のように恵まれた人生を歩んでいれば、多少は無神経になるかもしれない。岡田は年かさの女性患者に恐れをなしたのか、頭を掻きながら出て行った。


入院中、わたしは一人の看護師と親しくなった。わたしの部屋担当の林亜紀《はやしあき》。

入院する前、わたしにはひとつ憂鬱なことがあった。それは看護師の目線だ。整形手術の失敗などで入院すれば、彼女たちに軽蔑されるに決まっている。貧弱な胸を豊胸手術でごまかそうとした愚かな女。失敗して元《もと》の木阿弥《もくあみ》になった鈍くさい女。そう思われるにちがいない。

ところが、入院の説明をしてくれた亜紀は、そんな素振りをまったく見せず、むしろ好意的な口調でわたしをリラックスさせてくれた。

亜紀はたまたまわたしと同い年だったが、それ以外はまるでちがった。彼女はいるだけで部屋が明るくなるような美人で、仕事もてきぱきこなし、いかにも優秀という感じの看護師だった。背も高く、姿勢もよく、胸だって形のいいDカップはある。そんな彼女が、どうしてわたしのような地味な患者に親切にしてくれるのか。

入院の翌日、昼食帰りの彼女とすれちがったときも、わざわざホールのベンチに座って話をしてくれた。学校や職場でそんなふうにされたことのなかったわたしは、美人の彼女と並ぶだけでどぎまぎした。

「何か困ってることはない？　心配なこととか」

「ありがとうございます。大丈夫です」

「柘植さんみたいな手術は、大学病院じゃ珍しいから、わからないことがあったら何でも聞いてね」

気さくな亜紀に、わたしは思い切って訊ねた。

「あの、入院してから言うのもおかしいんですけど、わたしみたいな患者が大学病院にいていいんでしょうか」

「どういう意味」

「開業医の先生に言われたんです。大学病院は命にかかわるような病気を治療するところだって。現にわたしの部屋も、がんの患者さんばかりだし」

「ああ、そういうこと。気にしなくていいわよ。あなたが無理やり入院したわけじゃないんだから」

「でも、外来のときも、看護師さんが何か岸上先生を咎《とが》めるように言ってたし」

わたしはベテラン看護師の聞こえよがしの耳打ちのことを話した。亜紀はちょっと目を逸らし、少し考えてからうなずいた。

「たしかにシリコンの除去手術みたいなのは、大学病院じゃやらないかもね。岸上先生は気まぐれなのよ。でも、柘植さんにはよかったんじゃない。岸上先生に手術してもらえるんだから。ツイてるのよ」

ツイてる、このわたしが。今まで一度も言われたことのない言葉だ。もしかしたら、これで人生が変わるのかもしれない。あり余る幸運に包まれた岸上から、わずかでもお裾分《すそわ》けがもらえるのかも。

亜紀の言葉に、わたしは夢見心地で病室にもどった。

その日の夕方、手術の説明を受けるため、ナースステーションの横の小部屋に呼ばれた。岸上と岡田と亜紀がいて、壁の蛍光板にわたしの胸のレントゲン写真が掛けてある。

「検査結果が出そろいました。いずれも問題なしです」

岸上がにこやかに血液検査や心電図の結果を見せる。亜紀が横でメモをとっている。

「明日の手術ですが、基本的には身体の表面の手術ですから、特に重大な危険はないと思います。明日の今ごろには、きれいさっぱり異物は除去されていますよ」

そう言って、岸上がちらと亜紀を見た。亜紀が含み笑いをし、すっと目線を流す。あっと思った。この二人は特別な関係にある。一瞬の動きだが、たしかにわかった。わたしの手術には関係はないけれど。

「退院は合併症さえなければ、手術の翌日でもけっこうです。抜糸は一週間後。外来でやります。それであなたの治療は完了です」

自信に満ちた目線、にこやかな口元、一抹の不安もない声音《こわね》。このときの岸上ほど、信頼を感じさせる人にわたしは出会ったことがなかった。

「どうぞ、よろしくお願いします」

「頑張ってね」

亜紀がメモの手を止め、明るく言った。

部屋にもどると、またひとしきり岸上の話題で盛り上がった。どんな話し方だったとか、狭い部屋なら香水がわかったでしょうとか。

わたしは思いついたように聞いてみた。

「岸上先生って、不倫の噂《うわさ》とかないんですか」

三人は嬌声《きょうせい》をあげて否定した。

「あの先生にかぎって、そんなことあるはずないじゃない」

「愛妻家で有名なのよ」

「お子さんだってかわいがってるし」

別にわたしには関係ない。そのときはそう思っていた。わたしが望んでいたのは、シリコンをきれいに取ってもらうことだけだ。それさえきちんとしてくれたなら、何事も起こらなかったのに。

石段を登り切ると、五月のノルマンディーの風が吹きつけた。北フランスだけあって、日本の初夏の風より冷たい。崖の先端に向かって曲がりくねった道が続いている。わたしはだれもいない道を、風を正面に受けながら進んだ。

思えば、手術前夜のあのときが、わたしにはいちばん幸せな時間だったのかもしれない。手術はわたしにとって、新しく生まれ変わるための重大なセレモニーだった。不運と不幸にまみれた人生にサヨナラをして、前向きに生き直す。大学病院で、名医の誉《ほま》れ高い岸上があれだけ自信たっぷりに説明したのだから、きっとうまくいくにちがいない。そうとしか考えられなかった。

ところが、手術は失敗した。しかも、取り返しのつかない形で。

わたしが手術室に入ったのは、午前十時過ぎだった。ストレッチャーから手術台に移され、麻酔科の医師が口にゴムのマスクを当てた。

「眠くなりますよ」

看護師が麻酔薬を注射する気配がして、直後にすとんと意識が落ちた。

次に目が開いたとき、わたしはもう病室のベッドにもどっていた。枕《まくら》もとで岡田がせわしなく動いていた。ほとんど時間がたっていないように思えたので、わたしはかすれた声で、岡田に時間を訊ねた。

「今ですか。十一時四十分です」

彼はわたしと目を合わさずに答えた。手術は二時間くらいと聞いていたので、少し早めに終わったんだなと思った。ふたたび睡魔に襲われ、わたしはとろけるように眠った。

午後になって、徐々に傷の痛みがやってきた。両胸が圧迫され、痺《しび》れたようだった。奥から痛みとも灼熱感《しゃくねつかん》ともつかないものが湧《わ》き上がってくる。

亜紀が来て血圧を計ったあと、優しく言った。

「痛かったら言ってね。痛み止めの注射があるから」

わたしは無理をして微笑み、「もう少し、がんばる」と答えた。手術がうまくいったと思っていたからこそ、辛抱したのだ。ほんとうのことを知っていたら、とても耐えられなかっただろう。

岸上が夕方遅くになって病室に来た。わたしはベッドから顔だけ上げて言った。

「先生。お世話になりました。ありがとうございます」

「ああ、うん……」

歯切れが悪かった。ばつの悪そうな顔。岡田が後ろでうつむいている。その瞬間、わたしはある予感に貫かれた。悪いことが起こるときのいつもの感じ。不運ばかり続いているとわかるのだ。それでもわたしは気持を前に向け、さりげなく聞いた。

「わたし、明日、退院していいんですか」

岸上はひとつ咳払《せきばら》いをして、からんでもいない痰《たん》を気にするように答えた。

「柘植さん。ちょっと、大きな手術になったから、退院は、もう少しのばしたほうがいいかもしれない」

「そうですか」

わたしは持ち上げていた首を下ろした。これまで何度も経験した感覚。なんだ、やっぱりだめなのか。そんなあきらめの気持がすっと心に入り込む。

「今日は手術したばかりだから、疲れているでしょう。麻酔も残っているだろうし、詳しい説明は明日にしましょう」

岸上はそう言い残して、足早に病室を出て行った。岡田は申し訳なさそうに一礼してそそくさと岸上のあとを追う。

手術がどんな結果になったのか、ふつうの人なら早く知りたいと思うだろう。でも、わたしはちがう。どんな結果でも、どうせ耐えるしかないのだ。

胸の痛みが数倍になった気がした。身体の痛みより、心のそれのほうがつらかった。わたしはナースコールを押して、亜紀に鎮痛剤を頼んだ。せめて薬で眠ろう。意識があると、苦しい。

薬は十五分ほどで効いてきた。両胸の感覚が鈍くなる。眠ろうとまぶたを閉じると、耳元で涙の落ちる音がした。


翌日、岡田は朝いちばんに来たが、岸上はなかなか来なかった。准教授は忙しいので、説明は午後になると、岡田が申し訳なさそうに頭を下げた。

午後四時前になって、ようやく前と同じ小部屋に呼ばれた。岸上が深刻な面持ちで待っている。亜紀も神妙な顔で座っていた。

「どうぞおかけください」

一昨日《おととい》とは打って変わって沈んだ声だ。わたしは何を言われるのか、怖くて顔を上げられなかった。

「柘植さん。実はあなたの胸のシリコンは、異物反応で正常乳腺に癒着《ゆちゃく》し、被膜拘縮《ひまくこうしゅく》の状態になっていたのです」

何のことかわからない。でも、うなずくしかない。

岸上は昨日と同じく、盛んに空の咳払いを繰り返しながら説明した。要するに、シリコンが乳腺に癒着していて、正常な部分といっしょに摘出《てきしゅつ》する以外になかったというのだ。シリコンが塊《かたまり》になっていたらそこだけ取り除けたのだが、細かく分散して注入してあったので、全体を取る以外になかったのだという。

「つまり、シリコンだけじゃなく、おっぱいも取っちゃったということですか」

平静を装って言うと、岸上は亜紀に救いを求めるような目線を走らせ、口元を歪めた。

「残念ながら、そうです。乳頭は、残していますが」

わたしは包帯でぐるぐる巻きにされた板のような胸を見下ろした。岸上の弁解がましい声が耳を通り過ぎる。

「シリコンの状態は、メスを入れてみてはじめてわかったことです。こんなふうになっているとは、わたしも予測できませんでした。それでも少しでも乳腺を残そうと、いちばん細い鉗子《かんし》を使ったのです。でもだめでした。癒着を剝《は》がしただけで、乳腺細胞が壊《え》死《し》するような状態でしたから」

「でも、シリコンがくっついていなかったところは残ってるんでしょう」

「いえ。シリコンは全体に広がっていましたから」

「右も、左も、ですか」

岸上が眉間《みけん》に深い皺を寄せてうなずく。

「先生。新しい乳腺ができることはないんですか」

「乳腺は再生しません」

「でも、少しくらい、時間がたったら、また膨らんで……」

険しい顔で首を振る。わたしは恐ろしい考えに囚《とら》われた。

「じゃあ、先生。あの、もしわたしが将来、赤ちゃんを産んでも、母乳はあげられないんですか」

「残念ながら」

涙がこぼれた。どんな説明でも、泣くまいと思っていたのに。膝に載せた手に、雨だれのようにぽとぽと落ちた。それを拭《ぬぐ》う気力もない。

横にいた亜紀が小さなため息を洩らした。それはそうだろう。こんな不運で不幸な人間を、慰めろというほうが無理だ。

「ベストを尽くした結果が、こうだったのです。柘植さんのお気持はよくわかります。でも、あの状態ではどうしようもなくて」

「わかりました……。ありがとうございます」

わたしはうつむいたまま頭を下げた。亜紀が心配そうにのぞき込む。

「柘植さん。大丈夫」

「うん。ありがとう。わたし、何をやってもいつもうまくいかないから、今度の手術もどうかなって、心のどこかで思ってたの」

わたしは無理に強がって見せた。

いつまでもくよくよしても仕方がない。忙しい准教授の岸上が、わたしのためにこうして時間を割いてくれているのだ。それでよしとしなければ。

「岸上先生。シリコンは全部取れたんでしょう」

「それは、そうです」

「じゃあ、いいです。それが手術の目的だったんだから」

わたしは精いっぱい明るく言って、立ち上がった。岸上もほっとした表情で席を立つ。

「じゃあ、岡田君、柘植さんのガーゼを交換してあげて」

「わかりました」

岡田はわたしを処置室に案内し、丸椅子に座らせた。ゆっくりと胸の包帯をほどく。

亜紀が消毒用のワゴンを引き寄せ、綿球を用意した。

「じゃあ、ガーゼを取りますから」

黙ってうなずく。わたしは背筋を伸ばして胸を張り、じっと前方だけを見ていた。どんな胸になっているのか、岡田や亜紀の前で見る勇気はなかった。

「ちょっと冷たいですよ」

岡田がピンセットでつまんだ綿球を右腋《みぎわき》に当てる。ビクッと震える。けっこう大きな傷なんだ。

「じゃあ、反対側」

亜紀が新しい綿球をピンセットで渡す。

「はい。終わりました」

岡田が身を引くと、亜紀が手早くガーゼを当て、テープで留めた。包帯の代わりに、マジックテープのついた幅広のバンドを巻かれる。

部屋にもどって、ベッドに横になり、頭からふとんをかぶった。同室のみんなも、気配を察して何も話しかけてこなかった。

その夜、夕食には箸《はし》をつけなかった。消灯の直前に、ひとりで一階のロビーに降りた。吹き抜けのホールは常夜灯の明かりだけ。障害者用のトイレに入り、洗面台の前で、胸のマジックテープをはずした。バンドを取り、恐る恐るガーゼを剝がす。現れたのは、豊胸手術の前よりもっと平らな、情けないほど何もない胸だった。薄暗い光に、肋骨さえ浮き出ている。形だけの乳首が、しおれたように貼《は》りついている。

――絶壁！

高校のときの男子の罵声《ばせい》がよみがえる。涙があふれた。熱い涙は頰《ほお》を伝い、そのまま床に落ちた。胸に当たらないのが悲しい。でも仕方がない。自分で選んだ道だ。だれが悪いのでもない。岸上だって、ベストを尽くしたと言ってたじゃないか。名医でこの結果なら、あきらめるしかない。本来なら大学病院の手術じゃないのに、親切で受け入れてくれたのだから。

そう自分に言い聞かせたが、鏡に映った胸はあまりに痛々しかった。やっぱりわたしには運がない。わたしは悲しむためだけに生まれてきたような人間だ。運のある岸上に出会って、少しはあやかれるかと思ったのに……。

頭の上で、カモメが鋭く鳴いた。

ほら、顔を上げて。もうすぐ断崖の先端だよ。そうわたしを励ましているみたいだった。

わたしはバッグから絵はがきを取り出す。モネが描いた「エトルタの崖」。切り立った断崖の上に陽《ひ》が当たり、象の鼻みたいな岩は濃いブルーに染まっている。光と影のコントラストが見事だ。

わたしは絵はがきを片手に、ゆっくり崖の先端に近づく。いよいよだ。崖はぎりぎりまで柔らかな草に覆われている。ヨーロッパの観光地は、日本みたいに無粋《ぶすい》な危険防止柵がないからいい。

文京医科大学病院を退院したのは、手術の三日後だった。抜糸はまだだったが、手術を待っている患者がいるのでと、岸上から暗に急《せ》かされた。

退院するまでの二日間、わたしは亜紀に自分の気持をぶつけた。身内も友だちもいないわたしは、彼女だけが話し相手だった。

「つらくて心が砕けそう。生きていても仕方がない。もう、死にたい」

亜紀は黙って聞いてくれた。あの悲しい時間を乗り切ることができたのは、たしかに彼女のおかげだったかもしれない。そのことは感謝している。でもあの女は、ほんとうはどんな気持でわたしの慟哭《どうこく》を聞いていたのか。

手術から一週間目、わたしは岸上の外来を受診した。抜糸は予診をとった無愛想な医師がした。そのあとで岸上が傷をチェックした。

「きれいに治ってますね」

わたしが黙っていると、岸上は手持ちぶさたをごまかすように言った。

「でも、ま、乳腺がなくなれば、乳がんになる心配だけはありませんから」

それでわたしが喜ぶとでも思っているのか。いつか岡田が言っていた「無神経」という言葉が胸をよぎった。この人は患者の気持もわからず、不運な人間の心も知らず、持って生まれた幸運と才覚で、これからもエリートの道を歩いていくのだろう。もう顔も見たくない。

わたしは礼を言って、そそくさと診察室をあとにした。

それからわたしはサウナの仕事にもどり、前と同じタイ古式マッサージに復帰した。胸のことは忘れて、新しい気持で毎日を過ごそうと努めた。だけど、風呂とか着替えのときにはどうしても思い出す。手術のときの検査で、わたしの皮膚は異物に過敏であることがわかったから、新たにシリコンも入れられない。それにもう美容整形は懲《こ》り懲《ご》りだった。

そうやって数カ月が過ぎ、何とか心の傷も癒《い》えかけたとき、突然、亜紀から電話があった。会って話したいことがあるという。手術のことは思い出したくないので迷っていると、亜紀は思いがけずこう言った。

「わたし、先月、大学病院をやめたの」

「どうして」

「個人的な理由よ。それより、あなたに大事な話があるの」

戸惑うわたしを尻目に、亜紀は強引に待ち合わせの段取りを決めてしまった。

会ったのはそれから四日後、場所は銀座の「ルノアール」。時間の少し前に行って待っていると、亜紀は十分ほど遅れてやってきた。大きなサングラスに派手な化粧。看護師の白衣姿とはまるで雰囲気がちがった。

「お待たせ」

わたしの前に座るなり、苛立《いらだ》たしげに脚を組む。バッグからタバコを取り出し、慣れた手つきで火をつける。

「久しぶりね。どう、元気」

「ええ。おかげさまで」

緊張しながら微笑むと、亜紀はひったくるようにサングラスを取り、ぐいと上体をこちらに傾けた。

「あのね、わたし、もう我慢できないの。あいつのことが許せない。あんなひどいやつ、地獄に突き落としてやりたいくらいよ」

「あいつって……」

「岸上よ。あなたにいい加減な手術をした」

ああ、またいやなことを聞かされる。直感的にそう思った。災難にばかり遭っている人間にはわかるのだ。わたしは聞きたくなかったが、亜紀はかまわずしゃべりだした。

「岸上がどうしてあなたの手術を引き受けたか知ってる？　息抜きよ。あいつは肝臓がんとか食道がんとか、重症の患者ばっかり担当してたから、たまに気楽な手術をやりたかったのよ。わかる？　外科医の気まぐれ。あなたへの同情とか、治療に対する真剣さなんかぜんぜんなかった。だからあんな手術をしたのよ」

どういうこと。気楽な手術って、わたしはあんなに悩んでいたのに。

亜紀はフンと鼻で嗤い、煙をわたしに吹きかけた。

「岸上はこう言ってたわ。重症続きで気が滅入《めい》る、たまには『お茶漬けみたいな手術』で気分転換したいって。ところがいざ手術をしたら、簡単に取れると思ってたシリコンが、乳腺に癒着していて剝がれない。それで面倒になって、まとめて取っちゃったのよ。

時間をかけてていねいに取れば、乳腺は残せたのに」

面倒になって……取っちゃった……乳腺は……残せたのに。

亜紀の言葉が頭の中にこだまする。思わず耳を塞《ふさ》いだ。

「わたしもこんなこと、言いたくないの。でもね、あなたがあんまりかわいそうだから」

亜紀の言葉が、見えないナイフのようにわたしの身体を切りつける。逃げても逃げても、追いかけ、皮膚を切り、胸を突き、心を引き裂く。なぜわたしはこんなつらい目に遭うの。

「だいたい手術前の検査がいい加減だったのよ。がんじゃないから詳しい検査はいらないって、ぶっつけ本番でやっちゃったの。ＭＲＩとか超音波検査をしてれば、癒着があることはわかったはずよ。それを手抜きでやったから、あともどりできなくなって、挙げ句の果てに……」

やめて！　そう叫びたかった。今さらそんな話、聞きたくない。せっかく忘れかけているのに。でも、言えない。わたしはいつだって、言いたいことが言えずにきた。

「ひどいでしょう。わたし、他人事《ひとごと》ながら腹が立って、許せなくって。どう、あなた。こんなひどい医者をのさばらしておいていいと思う？」

かろうじて首だけ振る。亜紀は苛ついてタバコをもみ消し、すぐまた新しいのに火をつけた。

「あいつはね、医者の風上にも置けないヤツよ。傲慢《ごうまん》で身勝手で、他人のことなんかまるで考えないのよ。あいつのことを恨んでる患者は多いわ。あなたなんかその筆頭よ。断じて許しちゃだめ。もっと怒らなきゃ。あんなやつ、天罰を受けて当然なんだから」

亜紀の声が尖った。わたしは亜紀の話にショックを受けたが、徐々に違和感を抱《いだ》きだした。彼女はなぜ、今ごろこんな話をわたしにするのか。

「亜紀さん。あの、もしかして」

「何よ」

亜紀がさっと全身に見えないバリアを巡らせた。岸上と別れたんだ。とっさに直感した。それで病院もやめたのだろう。

「わたしの手術の話、どうして今ごろ教えてくれるんですか」

改めて聞くと、亜紀は気まずそうに口ごもった。

「それはあれよ。つまり、その、ほんとうのことだからよ。大きな事故のときとか、よくテレビで被害者の遺族なんかが言うじゃない。事実を知りたいって」

何か隠している。上目遣いに見つめると、取り繕うようにまくし立てた。

「手術のあと、あなたがあんまり落ち込んでたから心配になったのよ。思いもかけない結果だったから、きっとつらかっただろうなって。死にたいみたいなことも言ってたし。そこまで思い詰めていたのに事実を知らないなんて、あまりにあなたが気の毒で、それで黙っていられなくなって」

そうだろうか。死にたいと言っていたのを心配していたのなら、よけいに死にたくなるような話を、わざわざ告げるだろうか。実際、わたしは亜紀の暴露で、ほとんど生きる気力を失いかけたのだ。

「わたしは看護師として岸上の卑劣さが許せないのよ。あなたの大事な胸をめちゃくちゃにして、女性の尊厳を踏みにじったあいつが。医者として、いえ、人間として許せない。あいつのいい加減な手術のために、あなたは大切な自分の乳房を永遠に失ってしまって……」

ふたたび亜紀が言葉のナイフで切りつける。見えない血がほとばしる。涙で何も見えなくなる。

わたしは愚かで弱くて何の取り柄もない人間だ。でも、弱い者なりの意地はある。もし亜紀の言う通りなら、岸上は許せない。

でも、まず亜紀の言ったことを確かめなければならない。彼女はあまりに感情的だったから、嘘や誇張があるかもしれない。わたしは研修医の岡田を呼び出して、話を聞くことにした。

病院の近くの喫茶店で待ち合わせると、岡田は戸惑いと緊張の表情でやってきた。

「こないだ、林さんに会ったの」

そう告げると、顔色が変わった。用件を察したのだろう。わたしは亜紀が言ったことをそのまま伝えて、真偽を訊ねた。話はすべてほんとうだった。

「岸上先生は、手術のときに何て言ってたの」

助手として手術についていた岡田は、すべてを知っているはずだ。わたしの問いに、彼は気の毒なほど青ざめて声をうわずらせた。

「……どうせ、命にかかわるオペじゃないし、こんな女、胸があってもなくても、同じだろうって」

シリコンが癒着しているとわかると、岸上は早々に剝離《はくり》をあきらめ、乳腺ごとまとめて摘出する方針に変更したらしい。

「理由は?」

「……やっぱり、面倒だったからだと思います。すみません」

岡田は自分にも責任があるというように、頭を下げた。研修医が准教授に口出しできるはずもないのに。でも、わたしは彼の反省の気持につけ込んだ。

「悪いと思うなら、知ってること、全部話して」

岡田はうなだれ、両手で膝頭を握りながら訥々《とつとつ》と話した。岸上と亜紀が陰でわたしを「シリコン女」と呼んでいたこと、手術室から出てきたとき、岸上が面倒だから乳腺も取っちゃったよと言うと、亜紀は「整形に失敗しておまけに胸を失うなんて、バカね」と嗤ったこと、手術の翌日の説明のあとも、二人でわたしのことを「めんどくさい女」と言い合っていたこと、「お茶漬けみたいな手術」というのは、岸上が言ったのではなく、亜紀の言葉だったこと。

「林さんは、なぜ病院をやめたの」

「さあ……」

「岸上先生と別れたからじゃないの」

声を低めて言うと、岡田は目をしばたたき、観念したように答えた。

「そこまでご存じなんですか。僕も噂で聞いただけですが、林さんが岸上先生に離婚を迫って、逆にフラれたらしいです。岸上先生は、林さんのあと、内科の若い看護師と仲よくなって、それで林さんがキレて、ちょっとした修羅場になったらしくて」

やっぱりそうか。だんだん話が見えてきた。

「病院をやめる前、彼女は何か言ってなかった。わたしのこと」

「……言ってました。内輪の送別会で、飲んで荒れたときに、岸上先生のことを全部、柘植さんにばらしてやるって。あの女は死にたいって言ってたから、怒らせたら何をするかわからない。うまく焚《た》きつけて、岸上先生に復讐《ふくしゆう》させてやるって」

そういうことか。亜紀は自分の手を汚さずに、わたしを復讐の道具に使おうとしたのだ。彼女は美人でスタイルもよくて、仕事もばりばりできるかもしれないが、人間としては最低だ。

知らないうちに形相が変わっていたのだろう。岡田が突然頭を下げた。

「柘植さんには、ほんとうに取り返しのつかないことをしたと思っています。申し訳ありませんでした」

両手を突っ張り、頭を下げたまま動かない。わたしは、「もうすんだことだから」と告げて喫茶店を出た。

いちばん罪の軽い者が真摯《しんし》に謝って、主犯も裏切り者も知らん顔。岡田には「すんだ」と言ったけれど、はじまるのはこれからだった。


目の前に「針」が突き立っている。それ以外は見渡すかぎりの水平線だ。

わたしはモネの絵はがきを片手に、風に髪をなびかせていた。わたしが立っているこの場所は、モネの絵でも光が射している。まっすぐに海に落ちる断崖の先端。

亜紀の話を確かめたあと、わたしは岸上への復讐を考えた。亜紀のためにではなく、永遠に失われたわたしの乳房のために。

けれど、現実的にはむずかしかった。ナイフで刺すとか、地下鉄のホームから突き落とすとか、カミソリで切りつけるとか、そうしたい気持はあったけれど、実際にできるやれば成功するだろうか。弱くて非力なわたしは、きっと失敗するにちがいない。それとも、命がけでだろうか。

あれこれ考えたけれど、よい考えは浮かばなかった。これまで不運で失敗ばかりのわたしだ。損をする者はいつも損をし、得をする者はいつも得をする。それが世の中だ。だから、ほんとうはいけないことだけれど、最後の手段を執《と》ることにした。貯金から百万円おろして、熨斗《のし》のついた袋に入れて。

サウナメトロポリスから、歩いて十分ほどのところに小さなビルがある。事務所はその三階にあった。南童会系暴力団二山組《ふたやまぐみ》。わたしが何度かマッサージに派遣されたところだ。若頭《わかがしら》の吉村《よしむら》さんは、強面《こわもて》だが、マッサージのときは紳士だった。恐る恐る事情を話した。相手が金持ちの医者だとわかったところで、吉村さんの顔が変わった。不倫もしていると言うと、優しげに目を細めた。

そこからあとは、組の人からの噂話でしか聞いていない。何でも岸上は、交差点の近くで急停止したベンツに追突し、車の修理費とむち打ち症の治療代、慰謝料などで二千万円ほど取られたらしい。看護師との不倫をネタに、口止め料や迷惑料なども取られたという。それ以外にも、以前にトラブルで泣き寝入りしていた患者が急に医療訴訟を起こし、医療ミスの隠蔽《いんぺい》の疑いも出てきて、たいへんなことになっているらしい。当然、大学病院はやめざるを得なくなり、奥さんとも別居して、離婚は時間の問題とのことだった。岸上は財産をすべてむしり取られるまでは、つらい日々が続くのだろう。「あいつの人生は終わった」と、組の人は言っていた。お気の毒に。

それから、亜紀もかわいそうなことになったと聞いた。どういう事情かは知らないけれど、彼女は今、鶯谷《うぐいすだに》にあるマニア向けの店でちょっとつらい仕事をさせられているらしい。彼女は美人でいい身体をしているから、きっとよく稼ぐだろう。わたしにはとてもまねのできないことだけれど。

吉村さんはわたしが用意した百万円は受け取らなかった。逆に「これはあんたの取り分だ」と、三倍くらいの分厚さの封筒を差し出してきた。もちろん、わたしは断った。だって、こちらからお願いしたことなのだから。

それに、わたしの銀行口座には、手術のために準備した預金が三百五十万円を超えていた。そのお金で、今こうして優雅なヨーロッパ旅行を楽しんでいる。印象派の絵が好きなわたしには、エトルタの崖はまずいちばんに訪ねたい場所だった。このあとは、アルルに行ってゴッホの跳ね橋を見る予定。マルセイユでおいしいブイヤベースを食べて、セザンヌが描いたサント・ヴィクトワール山も訪ねるつもり。

人生は前向きでなければいけない。岸上と亜紀のおかげで、すばらしい幸運に恵まれた人でも、いつまでも幸せとはかぎらないとわかった。つまり、その逆もないということ。だから、わたしも頑張ればきっと幸せになれる。他人の不幸に励まされるなんて、おかしなことだけれど。

水平線に向かって思い切り身体を伸ばすと、うしろから声が聞こえた。

「今日はいい天気だね。昨日までずっと雨だったんだ」

振り返ると、散歩の途中らしい地元のおじさんが立っていた。わたしにもわかる簡単な英語で話しかけてくれる。

「ほんとうに、すばらしいですね」

わたしは太陽に手をかざして笑った。昨日まで天気が悪かったのなら、荷物がロストになってパリで足止めされたのも、逆によかったということだ。オルセー美術館もムーランルージュもじっくり見られたし。

もしかしたら、わたしにもようやく運が向いてきたのかもしれない。

# 至高の名医

文京総合医療センターは、地上十四階、地下二階、総ベッド数五百三十床を誇る高度先進病院である。その八階にある中央手術部では、いつものようにピリピリした緊張感がみなぎっていた。外科の主任部長、清河武史郎《きよかわたけしろう》が執刀しているからである。

この日、清河が行っていたのは、腹部の手術でもっとも大がかりといわれる膵頭十二指腸切除《すいとうじゅうにしちょう》。膵臓がんの根治術《こんちじゅつ》で、膵臓だけでなく、十二指腸、胃の下部、胆嚢《たんのう》、総胆管《そうたんかん》の一部を切除する手術だ。

「剝離鉗子、クーパー（はさみ）、ガーゼ、コッヘル（止血鉗子）！」

帽子とマスクの間から鋭い目線を術野《じゅつや》に注ぎながら、清河は次々と看護師に器具を要求する。

「結紮《けっさつ》が遅い。テンポが狂う！」

血管を絹糸《けんし》で結んでいた第一助手に怒号が飛ぶ。

「筋鉤《きんこう》はもっと先を利かせて。それじゃ奥が見えない。ちがう。こうだ！」

臓器をよける金属のヘラを入れていた第二助手の手をつかみ、角度を変える。わずかなちがいで、術野がぐっと広がる。

「ライト、どこを照らしてる。フォーカスが合ってない！」

手術を見学している医師たちが、慌てて無影灯《むえいとう》を調節する。天井から下がったアームを動かし、強烈な光を術野に集中する。

清河の手術にはいつも大勢の若手医師が見学に来る。怒鳴られ、罵倒されながらも、その芸術的ともいえる手術操作を学ぶためだ。精密機械のような手さばき、出血を最小限に抑える素早い結紮。いずれをとっても、他の追随を許さない高度な技術である。

「第二群のリンパ節は6番から14dまで廓清《かくせい》する。肝外胆管《かんがいたんかん》は温存。切除後の吻合《ふんごう》はチャイルド法で行う」

宣言するように言い、がんを含む臓器を一括《いっかつ》切除したあと、清河は残った臓器を順に縫合していく。出血のないことを確認し、腹腔《ふくくう》内を洗浄して腹膜を閉じる。

「終了。ご苦労さん」

「お疲れさまでした！」

見学していた医師らが、いっせいに声をそろえる。手術時間は五時間十分。標準をはるかに下まわる短時間の手術だ。しかし、清河は眉一つ動かさず、オペ台の前を離れる。

「すごい手術だったな」

「さすがは清河先生。僕もあれくらい素早い結紮ができるようになりたいよ」

見学していた若手医師の言葉を聞きとがめ、清河は立ち止まる。

「結紮の上達など簡単なことだ。練習すればいい。私が君くらいのときは、一日千回の糸結びをノルマにしていたぞ」

注意を受けた医師は、恐れ入って首をすくめる。

他人にも厳しいが、己にはもっと厳しい。それが清河のモットーである。主任部長になった今も勉強は欠かさず、技術向上の鍛錬も怠らない。手術前には患者のデータをすべて頭に叩き込み、トイレに行きたくならないよう水分を控える。前夜はもちろん禁酒。それくらい努力をしているのだから、通常なら六時間以上かかる手術を、五時間余りで終えても当然だ。

そう考える清河の全身には、常にストイックなオーラが漂っている。

夕方、外科医局の控え室に行くと、四人の医師がソファで雑談をしていた。

「あ、清河先生。どうぞこちらへ」

奥のソファに座っていた医長が、素早く席を立つ。清河には個室があるが、部長室にこもりきりでは部下と隔たりができるので、ときどき控え室に顔を出す。

「盛り上がってるみたいだな。何の話だ」

「この前、テレビで『神の手を持つ外科医』と紹介されていた深谷《ふかや》医師が、医療ミスで訴えられたんです」

縁《ふち》なし眼鏡《めがね》をかけた医長が、清河に夕刊を見せる。『〝神の手〟医師に賠償請求』と大きな見出しが出ていた。

深谷は胸部外科のスペシャリストで、大学病院などで手術不可能といわれた肺がんを次々と切除して、マスコミで「神の手を持つ外科医」ともてはやされていた。だが、番組を見た文京総合医療センターの医師たちは、清河のほうがよほど「神の手」に近いと不平を鳴らしたのだった。

そのとき、清河は厳しい表情でこう応えた。

「外科医に『神の手』などあり得ない。そんなものはマスコミが作り上げた幻想だ」

その言葉を思い出すように、席を譲った医長が言った。

「やっぱりこの深谷という医師は眉唾《まゆつば》でしたね。『神の手』どころか、『死に神の手』ですよ」

「どんなミスなんだ」

「左側の肺がんの患者に、右肺の切除をしたんです」

「なぜそんなことに」

「深谷医師は依頼手術が多いので、事前に患者を診察せず、いきなり手術室に現れてオペをするそうです。この患者も、病院側がまちがえて左側臥位《ひだりそくがい》にしていたのを、そのまま開胸《かいきょう》して、ご自慢の早業で右肺を全摘したんです」

イチローふうの髭《ひげ》を生やした医師が続けて説明する。

「患者は再手術もできないまま、三カ月後に亡くなったそうです。それで遺族が病院と深谷医師を相手どって、一億二千万円の賠償請求をしたんです」

「深谷医師はミスを認めているんだろう」

「それがひどいんですよ」

縁なし眼鏡の医長が首を振り、夕刊の記事を指さした。

「深谷医師は手術ミスは認めたものの、患者の死亡の原因は別にあると言って、裁判で争うらしいです。患者は八十二歳の高齢で、心不全などを起こしやすい状態にあったので、手術ミスが死亡の原因とは考えられないというのが、深谷医師の言い分です」

それまで黙っていた副部長が静かに口を開いた。

「ミスはあったけれど、患者の死とは関係ない、だから賠償には応じられないというのですね。よくあるパターンです」

「許しがたい欺瞞《ぎまん》だ！」

清河が一喝し、その場の空気を凍りつかせた。正義感の強い清河には、「神の手」などと持ち上げられながら、ミスを認めない深谷という医師が許せないのだ。

「医師は常に誠心誠意で患者に向き合わねばならん。ミスの隠蔽や卑怯《ひきょう》な自己正当化は、医師として最低の行為だ！」

副部長が清河の怒りに気づかいつつ、その場の雰囲気を変えるように訊ねた。

「でも、清河先生にも、取材とかテレビの出演依頼が多いんじゃないですか」

「そうそう。この前、医事ジャーナル社が出した『至高の名医』を拝見しましたよ」

縁なし眼鏡の医長が言ったのは、日本の名医を紹介する別冊本で、新聞にも大きく宣伝が出ていたものだ。

「私の名前が出てるのか」

「ご存じなかったんですか。全国の消化器外科医でベストファイブに入ってましたよ」

「取材は断ったはずだが……」

「いいじゃないですか。清河先生はまちがいなく日本で最高の外科医のお一人なんですから。我々も鼻高々ですよ」

副部長の言葉に、その場の医師らがうなずく。

しかし清河は不愉快だった。病院のランキング本や名医シリーズほど、胡散臭《うさんくさ》いものはないと思っているからだ。ああいう本は、売らんがための無責任な言葉や、勝手な解釈にあふれている。それにその類《たぐい》の本に名前が出ると、患者がいっせいに押し寄せてきて困る。前に『ベストドクターズ』という本に紹介されたときは、胃潰瘍《いかいよう》から胆石、痔《じ》の手術までしてくれと、政治家や財界人らが殺到した。そんなだれでもできる手術を、なぜベテランの自分がやらなければならないのか。

そう思うと、清河には、『至高の名医』の反響が今から憂鬱だった。

手術のない水曜日には、病棟の回診がある。清河は主治医をしない代わりに、外科の入院患者の全体に責任を負っている。

回診の開始は午後二時。ナースステーションに現れた清河が、腕時計を見て苛立った声を出した。

「おい。大楽《たいらく》さんはまだか。回診の時間はいつも決まっているだろう」

「すみません。今、退院される患者さんのお見送りに行かれたんです。もうもどって来ると思いますが」

主任看護師がうろたえながらエレベーターホールを窺《うかが》うと、外科病棟の看護師長、大楽花子が白衣に包んだ巨体を揺すってもどってきた。

「お待たせしました。さ、回診、はじめましょうか」

悪びれもせず、平然と病室に向かう。「さすがはグレートマザー」と、集まっていた医師の一人が声をひそめた。

院長さえ一目置く看板部長の清河が、唯一、頭が上がらないのが、この大楽看護師長だった。御年《おんとし》六十歳のグレートマザー。彼女はこの病院に赴任する前、清河の出身大学である創陵大学病院の外科病棟に二十年間勤務していた。清河が研修医のとき、大楽はすでに主任看護師だったのである。

新米の研修医にとって、ベテランの看護師は、ときに指導医以上に怖い存在になる。患者への失言や処置のミスを、厳しく注意されるからだ。今でも清河が部下のちょっとしたミスに激怒していると、大楽が横から、「清河先生も偉くなったわね。感心、感心」などと水を差す。未熟な時代を知られているので、清河も苦々しい顔で怒りを収めざるを得ない。看護師長として大楽の采配は完璧で、回診の段取りなども抜かりがないので、清河も彼女を頼りにしているのだ。

清河の回診は、手術と同じく迅速さが真骨頂である。ベッドの横に行き、主治医の説明を聞きながら手早く診察をする。

「この人は糖尿病のコントロール中だな。血糖値の経過は？」

主治医が血糖値の記録表を出す。

「表じゃ一目でわからん。グラフにしろ」

「はい」

「出血時間は？」

主治医が青ざめる。忙しくて測定していないようだった。

「回診が終わったらすぐに測ります」

「今すぐ測れ！」

返事も聞かずに、次の病室へと移る。

男性の四人部屋に、黄疸《おうだん》の出た肝硬変の患者がいた。横に控えている主治医に聞く。

「アンモニアの値は」

「九七μg《マイクログラム》／dlです」

「高いな。モニラックは出してるんだろ」

「それが、のみにくいとおっしゃって」

清河の顔色が変わる。肝硬変による高アンモニア血症には、モニラックという薬を一日三〇グラムのまなければならない。

「どうして薬をのまないんです」

頬を強ばらせて患者に聞く。相手は泣きそうな顔で訴える。

「部長先生。あの薬はのどを通らないんです。もう少しのみやすい薬に替えてもらえませんか」

「あなたは点滴がいやだと言うから、のみ薬にしたんだ。それがいやなら点滴にしますか。薬をのまなければ、肝性昏睡《かんせいこんすい》になって意識を失いますよ」

清河が厳しく接するのは医師ばかりでない。患者に対しても同じだ。それは彼が治療に全身全霊をかけているからだ。医師が病気を治すために精いっぱいのことをしているのに、患者のわがままは許せない。しかし、あまり厳しく言うと、また大楽が横から口を出すので、それ以上の追及をこらえた。

「薬と点滴のどちらにするか、自分で決めなさい」

そう言い残して、回診を先に進める。

廊下の突き当たりで折り返し、最後はナースステーションに近い個室の診察になった。「小田修三《おだしゅうぞう》」というネームプレートを見て、清河は一瞬立ち止まる。唇を歪め、スライド式の扉を開く。

小田修三は二年前、清河が胃がんの手術をした患者だった。リンパ節への転移はなく、抗がん剤を使うかどうかは、経過を見て決めるということにしていた。ところが、小田は退院後三カ月目に、自分で勝手に大丈夫と判断して、診察に来なくなった。もともと病院嫌いで、多忙な営業マンだったこともあり、長い待ち時間が苦痛だったようだ。清河は診察に来るよう何度か電話をしたが、空約束ばかりするので、いつしか連絡しなくなっていた。

そんな小田が先週、突然、妻に付き添われて外来にやってきた。極端に痩《や》せ、五十五歳とは思えない深い皺を刻んだ顔は、明らかに末期がんの状態だった。

「どうしてこんなになるまで放っておいたんです」

診察するなり、清河は声を荒らげた。小田は肩で息をしながら、言葉を途切れさせせつつ答えた。

「半年ほど前から……調子が悪くなったんですが……、怖くて、病院に行けなかったんです。でも……いよいよ苦しくて……、清河先生に、診てもらおうと思ったんですが、何度も、不義理をしたんで……来られなくて……、都立病院とかに、行ったんですが、どこでも……手遅れだと言われて、それで、やっぱり、清河先生に頼るしかないと……。女房も、そう言うもんで……」

横で小田の妻がハンカチを握りしめていた。勝手に受診をやめておいて、今さら頼られても困る。そう思ったが、瀕死《ひんし》の患者を追い返すわけにもいかない。入院の手配をして、ＣＴスキャンや超音波診断など一通りの検査をした。がんは肝臓と腹膜に転移し、腹水もかなり溜まっていた。

「手術のあとの診察さえ、きちんと続けていたら……」

今さらそんなことを言ってもはじまらない。しかし、転移が見つかってすぐに抗がん剤の治療をしていれば、これほど急速に悪化することはなかったはずだ。そう思うと、清河は悔しさと腹立たしさをどうすることもできなかった。

そんな気持があるから、回診のときも笑顔になれない。仏頂面で診察しかけると、大楽が先に明るく問いかけた。

「小田さん。ご気分はいかがです」

「はい。おかげさまで……変わり、ありません」

いつにも増して苦しげに喘《あえ》ぐ。腹部は腹水で膨れあがり、絵草紙《えぞうし》の餓鬼のようだ。

「腹囲は？」

清河に聞かれ、主治医は緊張の面持ちで答える。

「一一二センチです」

「ワイセ（白血球）は下がってないか」

「五二〇〇あります」

「わかった。いいだろう」

清河はそっけなく言い、小田の病室をあとにする。

ナースステーションにもどったあと、大楽が寄ってきて声をひそめた。

「小田さんはそうとう悪いんですか」

「あの調子じゃ、来週あたりがヤマだな」

「それなら、もう少し優しくしてあげたら」

清河が何のことかと片眉を上げる。

「先生が怒っているの、小田さんにもわかってますよ」

「彼は自分から外来に来なくなったんだ。何度も電話したのに、こっちの言うことも聞かずに」

小田がこんな状態になったのは自業自得だ。いくら患者に寛容な大楽でも、それは認めざるを得ないだろう。

そのまま黙っていると、大楽もあきらめたようにため息をついた。そして思い出したように言った。

「そうそう、『至高の名医』って本、見ましたよ。清河先生も出てたわね。たしかに先生は名医だわ。でも、ちょっと患者さんや部下に厳しすぎるところが玉にキズよ。それさえなかったら、ほんとうに言うことないんだけど」

清河のこめかみに青筋が立つ。

「優しさはすぐ甘やかしにすり替わるんだ。医療は常に真剣勝負ですよ。甘えやいい加減さは許されない」

そう言い残し、憤然とナースステーションを出て行った。

その日の夜、清河は部長室で医局員の学会論文をチェックしていた。時刻は午後十時三十分。そろそろ帰ろうと身支度をしていると、内線電話が鳴った。

深夜勤務の看護師からだった。

「あ、清河先生。まだいらっしゃいましたか。小田さんが苦しがっていて、先生を呼んでほしいとおっしゃってるんです」

「わかった。すぐ行く」

清河はいったん脱いだ白衣をもう一度はおり、外科病棟に急いだ。電話をかけてきた看護師は、小田の個室の前で待っていた。

「どんなようすだ」

「お腹が張って苦しいそうです」

やっぱりかと清河は舌打ちをする。回診で診たとき、あの腹水では苦しいのではと思ったのだ。扉を開けて病室に入る。小田の喘ぐ声が聞こえる。

「大丈夫か」

「ああ、清河先生。こんな時間に……、すみません」

「腹が苦しくなったのはいつからだ」

「それは……もう、昨日あたりから」

「なぜ回診のときに言わない。看護師長がようすを聞いただろう」

「先生に、ご迷惑を、かけると……いけないと、思って」

「こんな時間に呼ばれるほうが、よっぽど迷惑だ」

「……すみません」

清河は小田の腹部を診察し、横に控えていた看護師に言った。

「君、悪いが腹水穿刺《ふくすいせんし》の準備をしてくれ」

「わかりました」

看護師は答えるなり、機敏に準備室に向かった。必要な器具をワゴンに載せて運んでくる。時間外に処置を頼むといやな顔をする看護師もいるが、彼女はそんなそぶりも見せない。たしか、名前は宮原《みやはら》といったはずだ。外科病棟では仕事のできる看護師として印象に残っていた。

「小田さん。今から腹水を抜くから」

清河は小田の腹部を消毒し、穴あき滅菌布をかけた。ゴム手袋をはめ、16ゲージの太いエラスター（点滴用の留置針）を構える。

「ちょっと痛いが、我慢して」

側腹部に針を突き立て、腹膜を通過したところで金属の内筒を抜く。テフロンの外筒を腹腔内に挿入して、宮原の素早い介助で連結チューブにつなぐ。三方活栓《さんぽうかっせん》を開くと、赤ワインを薄めたような腹水が廃液ボトルに流れ出た。

「これで楽になる」

清河の言葉に、小田が両目をきつく閉じたままうなずく。

三十分ほどの間に、腹水は二・五リットルほど出た。小田の息づかいはずいぶん穏やかになっている。

「今夜はこれくらいにしておこう。一度に抜くと血圧が下がるから」

「ありがとうございました。こんな夜中に、申し訳ありません」

「医師が必要な治療をするのに夜も昼も関係ない。ただし、苦しかったら今度からはあまり我慢せずに言うこと」

ぶっきらぼうに言い残して、病室を出た。宮原は使った器具と廃液ボトルを片づけるため、準備室に向かう。

「腹水は細胞診に出しておいてくれ」

そう指示してから、思いついたように「遅い時間に悪かったね。ありがとう」と宮原をねぎらった。彼女はまだ二十代後半のようだが、実力は主任看護師以上だ。ゆくゆくは優れた看護師長になるだろう。

部長室にもどりかけると、宮原が改まった声で呼び止めた。

「あの、清河先生。わたし、今月いっぱいで病院をやめるんです。先生にはいろいろ教えていただき、ありがとうございました。先生のおかげで、看護師として成長できたと思います」

意外な言葉に返答に窮した。宮原は美人というほどでもないが、仕事のできる看護師は魅力的に見える。それに胸もデカい……。

清河ははっとして、何を考えているのかと自分を戒めた。

「ここをやめて、別の病院に行くの？」

「いえ。それはまだ」

「君ならどこの病院でも立派に通用するだろう。頑張りたまえ」

清河はめったに見せない笑顔を作り、勢いよく白衣を翻《ひるがえ》した。

それから一週間後、小田修三は静かに息を引き取った。最後はモルヒネを使い、苦しまずにすんだようだ。清河は毎晩遅くまで病院に残り、小田のためにできるだけのことをした。自分が手術をした患者には、最後までベストを尽くすというのが彼の信念だからだ。

それにしても、心残りは小田が勝手に診察に来なくなったことだった。通院を続けてさえいれば、こんなことにはならなかったのに。そう思ったとき、ふと疑問が湧いた。ほんとうにそうか。

清河は部長室で小田の電子カルテを開き、二年前のデータをもう一度チェックした。手術のあとしばらくは外来に来ていたから、検査データが残っているはずだ。調べてみると、小田は外来の最後に肝臓のMRIを受けていた。そのページを開いたとき、清河は我が目を疑った。

『S8領域に低信号域。肝転移の疑い』

MRIを診た放射線科医のメッセージだ。

全身から血の気が引いた。急いで画像を確認する。肝臓の右上部に親指ほどの黒く抜けた影がある。見覚えがない。メッセージの日付を見ると、検査の翌日になっている。

小田がそのあと外来に来なかったので、確認を忘れたのだ。

思わず天を仰いだ。小田のがんは手術の三カ月後に肝臓に転移していた可能性があった。それに気づいていれば、自分は有無を言わせず小田を病院に呼んだだろう。小田も通院をやめなかったはずだ。自分の見落としが、小田の治療のチャンスを奪ってしまったのか。

どうする……。

腋の下に汗が流れた。明らかに重大な見落としだが、こんな過去のミスを、今さら患者の遺族に告白する医師がいるだろうか。見落としに気づいているのは自分だけだ。自分さえ黙っていれば発覚するおそれはない。もう患者は亡くなっているし、遺族も何も疑っていない。

それに、と清河は考える。小田が体調を崩したのは半年前のはずだ。手術の三カ月後に肝臓に転移があったのなら、何の治療もせず一年以上も悪化せずにいるだろうか。このMRIの影は、転移ではないのかもしれない。放射線科の所見にも「疑い」と書いてあるじゃないか。もし転移でないのなら、検査の見落としはあったとしても、小田の死とは直接結びつかない。それなら、謝罪する必要はない。

そこまで考えて、清河は思わず「あーっ」と叫んだ。これではあの「神の手」の深谷医師と同じじゃないか。自分のミスは患者の死と関係ないと主張したあの鉄面皮《てつめんぴ》。自分が「許しがたい欺瞞だ！」と糾弾した卑劣な男。

自分はあんなヤツとはちがう。それを身をもって証明しなければならない。やはり遺族に正直に説明して、謝罪すべきだ。

清河はこめかみに汗を垂らしながら、そう決意した。


「清河先生でいらっしゃいますか。先日お世話になりました小田修三の家内でございます」

小田の妻から電話がかかってきたのは、清河が検査の見落としに気づいた二日後だった。

「お忙しいところ、誠に申し訳ございません。一度お目にかからせていただけないでしょうか」

清河は焦った。まさか、こちらから告白する前にミスに気づかれたのか。用件を聞くと、会って話したいことがあると言うばかりで、具体的な内容を明かさない。躊躇《ちゅうちょ》したが、もしかするとこれは天の配剤かもしれないという思いが頭をかすめた。気の重い連絡をしなければと思っていたところに、先方から会いたいと言ってきたのだ。よし、この機会に潔くほんとうのことを言おう。清河はそう決意して、小田の妻との面会を受け入れた。

数日後、部長室に現れたのは、小田の妻だけではなく、彼女の従弟《いとこ》という男性もいっしょだった。小田の容態が悪化してから、一度見舞いに来ていた男だ。

応接椅子で向き合うと、小田の妻は深々と頭を下げた。

「その節はたいへんお世話になりました。ありがとうございました。清河先生のような高名な方に診ていただき、小田も本望だったと存じます」

バッグから使い古したノートを取り出し、付箋をつけたページを開いた。

「小田の遺品を整理しておりましたら、日記が出てまいりました。小田は清河先生に手術をしていただいたことをとても喜んで、これでがんを克服できたと書いております。その後、診察に来るよう何度もお電話をいただいたのに、ご指示に従わず、先生を怒らせてしまったことを、小田は最後まで悔いておりました」

差し出されたページを見ると、読みづらい文字で走り書きがしてある。

「こんなもの、先生には何の意味もないかもしれませんが、小田の気持を伝えたくて……。ほんとうに申し訳ございません」

涙声の妻に、清河は困惑した。申し訳ないのはこちらだ。実は、私からも話がと言いかけたとき、小田の妻がさらに続けた。

「清河先生。小田は手術のあと、きちんと診察さえ受けていれば助かったのでしょうか。あの人の病院嫌いが命取りになったのでしょうか。わたし、それが心残りで……」

「いや、それは、その」

清河が口ごもると、横にいた男性が口を開いた。

「がんが再発したら、抗がん剤で根治するのはむずかしいのでしょう。私がいくら説明しても彼女が納得しないので、こうして先生のお時間をいただいてしまいました」

清河はおやっと思った。〝根治〟などという言葉は、ふつうの人間は使い慣れないはずだ。

「あなたも医療関係者ですか」

「申し遅れました。私、こういう仕事をしております」

佐々木《ささき》と名乗ったその男が出した名刺には、『平政新聞社　社会部記者』とあった。清河は思わず目を剝いた。平政新聞は全国紙のなかでも、特に医療に厳しい姿勢で知られる新聞だ。つい先日も、ある大学病院の治療を「人体実験だ」と過激に批判していた。その社会部の記者がいる前で、見落としの告白などしたら、どんな記事を書かれるだろう。

清河は胸の前にナイフを突きつけられたような恐怖を感じた。小田の妻に見落としを告白するのはいいが、マスコミには知られたくない。マスコミは事実の一部だけ捉え、ことさら煽情的《せんじょうてき》に報道する。毒々しい見出し、大上段に振りかぶった非難。それがどんな恐ろしい事態を引き起こすか。

「……ですよね、先生。清河先生？」

「えっ」

清河は我に返って顔を上げる。佐々木は抗がん剤の話をしていたようだ。いい加減な相槌《あいづち》を打ち、「まあ、現場ではいろいろなことが起こりますから」とごまかした。

「先生もほら、お忙しいから、そろそろ」

佐々木は清河の放心を疲れと勘ちがいしたらしく、小田の妻を促して席を立った。

「先生にはほんとうにお世話になりました。これはつまらないものですが」

彼女が差し出した菓子折を、清河は心ここにあらずの態《てい》で受け取った。


二人が帰ったあと、清河は長い時間、机の前で考えていた。見落としのミスは、このまま黙っていればおそらくバレないだろう。それでいいのか。

いいわけがない。新聞記者が同席しただけで告白できなかったとは、自分はなんと情けない人間なのか。やはり小田の妻には改めて来てもらい、正直に話そう。今日告白しなかったのは、見落としにまだ気づいていなかったことにすればいい。そう言えば、今日の隠蔽は免罪されるだろう。

いや、だめだ。

これまで自分は部下にも患者にも、完璧な正直さを求めてきた。なのにその当人が小細工で事実を曲げるわけにはいかない。すべてをありのままに告白すべきだ。新聞記者が同席していたので、気後《きおく》れして言えませんでしたと正直に言おう。それでこそ、誠心誠意の謝罪になるのだ。

そう思い定めると、心はむしろ軽くなった。妙な策略を巡らせるより、事実を話すほうがよほど精神衛生上、負担が少ない。

その日、清河は午後九時過ぎに病院を出た。彼の自宅は文京区の千駄木《せんだぎ》にある。車で通勤している彼には、十五分ほどの道程《みちのり》だ。

「あら、今日は早いのね。文恵《ふみえ》もさっき帰ってきたとこなの。久しぶりに夕食いっしょに食べる？」

妻が玄関に出迎え、娘の文恵がダイニングから「お帰りなさい」と声をかけた。いつも帰りの遅い清河は、娘と顔を合わす機会も多くない。着替えて食卓につくと、文恵が清河を見て首を傾《かし》げた。

「お父さん、疲れてるんじゃない。お父さんを残して家を出るの、心配だな」

冗談めかして言われるが、何のことかわからない。このところ小田修三の件で頭がいっぱいで、家のことを考える余裕がなかった。だが、はっと気づく。

「文恵。結婚式はいつだったたっけ」

「何言ってるの。来月の十日よ」

味噌汁《みそしる》を運んできた妻があきれる。

そうだ、忘れていた。文恵の結婚式まであと一カ月もないのだった。

文恵の結婚相手は大学時代からつき合っている彼で、今も大学院で社会学を専攻している。先方は身内にも大学関係者の多い生まじめな一家だ。清河はふいに暗澹《あんたん》たる思いに駆られた。結婚式のとき、もし自分の医療ミスが公になっていたら、どうなる。

小田の妻に見落としを告白すれば、あの佐々木という記者はすぐ記事にするにちがいない。話が大きくなると、病院でも問題になり、謝罪会見を開かされるかもしれない。テレビで放映され、新聞記者やジャーナリストに居丈高に詰問され、カメラの前で頭を下げさせられる。そのほとぼりの冷めないうちに、結婚式の日が来たら……。

だめだ。一人娘の晴れの舞台をぶちこわしにすることはできない。妻だって今から式を楽しみにしているのだ。

だが、どうする。このまま頬かむりするのか。いや、それはできない。

「あなた。食欲ないの」

妻が心配そうに訊ねる。

「いや、病院で少し食べてきたから」

これも嘘だ。完全に正直でいることなどできないのか。清河はひとつ頭を振り、よけいな考えを振り払った。

小田の妻に告白するのは、文恵の結婚式が終わってからにしよう。もう小田修三は亡くなっているのだし、少しぐらい告白を遅らせても許されるだろう。結婚式さえすめば、すべてを告白する。そう心に決めて、清河はそれ以上の思考を止めた。

翌週の土曜日、帝都ホテルで創陵大学医学部の同窓会が開かれた。今年は清河らの卒業二十五周年にあたっていて、半年ほど前から予定が組まれていた。清河は小田の問題で疲労困憊《ひろうこんぱい》していたが、同窓生に会えば気晴らしになるかもしれないと思い、出席することにした。

早めに会場に行くと、懐かしい顔が集まっていた。創陵大学はエリートが多いから、大学教授や個人病院で成功している者など、第一線で活躍している医師が多い。清河も総合医療センターの看板部長として、その名声は知れ渡っていた。

開会の挨拶と乾杯のあと、立食で歓談がはじまった。学生時代からの仲間が集まり、俺おまえのくだけた会話がはずむ。

霞《かすみ》ヶ関《せき》で自由診療のクリニックを成功させた内科医が、ワインを片手に話しかけてきた。

「『至高の名医』って本、見たぞ。おまえ、消化器外科医のベストファイブに入ってたじゃないか」

「あんなもの、デタラメさ」

その話はしたくないとばかりに、清河は手を振った。

「そう言えば、脳外科の久保田《くぼた》は今日、来てないな」

「そりゃ、来られんだろ」

ウィスキーで顔を赤くした整形外科医が首を振る。

「何かあったのか」

清河が聞くと、言い出しっぺの内科開業医が説明した。

「久保田は世田谷《せたがや》医療センターにいたんだが、カテーテル検査で医療ミスがあってさ」

「医療ミス？」

清河の心臓が跳ね上がる。

「未破裂脳動脈瘤《のうどうみやくりゆう》の検査で、患者が脳梗塞を起こしたんだ。すぐヘパリン療法をしたが、だめだったらしい」

「しかし、カテーテル検査に脳梗塞の危険はつきものだろう。それは医療ミスじゃないぞ」

清河は過敏に反応した。整形外科医が首を振る。

「久保田はカテーテルを挿入するとき、ちょっと無理をしたらしい。それで内頸動脈《ないけいどうみやく》解離《かいり》を起こして、脳虚血《のうきよけつ》になったんだ。患者は二カ月後に死んだ」

泌尿器科《ひにょうきか》の教授になっている男があとを引き取る。

「久保田もバカだよな。黙ってりゃいいのに、患者が死んだあと、自分から遺族に告白したんだから」

「良心に目覚めたらしいな」と内科開業医。

清河の腋の下に冷たい汗が流れる。

「で、どうなったんだ」

「遺族が激怒して大騒ぎになって、久保田は病院を辞めざるを得なくなった。病院側もぜんぜん守ってくれなかったらしい」

内科開業医のあと、泌尿器科教授が続けた。

「奥さんも怒って、子どもを連れて実家へ帰ったそうだ」

途中から話に入ってきた産婦人科医が口をはさむ。

「聞いたよ。今、離婚調停中だってな。マンションで自炊してるらしい」

「仕事はどうしてるんだ」

「健診のアルバイトで食いつないでるって話だ。医療ミスを公表した医者なんか、雇う病院はないからな」

「もったいないな。脳外科医としてはピカイチの腕なのに」

「まったくバカなことをしたもんだ」

久保田の誠意をほめる者は一人もいなかった。自分も検査の見落としを告白したら、病院を追われ、家族を失い、手術もできなくなり、同窓生に嘲笑されるのか。

「おい、清河。顔色が悪いぞ。疲れてるのか」

「手術のやりすぎだろう。おまえの腕を頼って全国から患者が押し寄せるって評判だから」

「あんまり無理すんなよ」

同窓生の声が遠くに聞こえる。清河は内心で不安と恐怖の嵐に巻き込まれていた。いや、それでも黙っているわけにはいかない。文恵の結婚式が終わったら、告白する。そう決めたのだ。しかし、何のために……。

清河にはもう考える力は残っていなかった。ただ、告白して謝罪するという思いだけが、強迫観念のように頭に渦巻いていた。

「それじゃ、宮原さんの前途を祝して乾杯！」

有志による宮原利香《りか》の送別会は、飯田橋《いいだばし》のスペイン風居酒屋「エル・パンチョ」で開かれた。乾杯の発声は清河である。参加者は看護師八人、医師四人で、清河以外は若手ばかりだ。

宮原から送別会に出席を求められたとき、清河は戸惑った。

「私なんかが出たら、みんな気詰まりじゃないか」

「そんなことないです。看護師には先生のファンも多いし、わたしも先生とお話ししたいですから」

小田修三が亡くなったあと、しばらく宮原は姿を見せなかった。有休を使ってパリへ旅行に行っていたらしい。清河にはネクタイの土産を買ってきてくれた。

店には若い客が多かったが、清河はイベリコ豚の生ハムなどをつまみながら、適当にワインを楽しんでいた。宮原はアルコールが入ると、やや蓮っ葉《はすっぱ》なしゃべり方になるが、同僚看護師や医師にも信用があるようで、退職は惜しく思われた。

会は盛り上がっていたが、予定の時間が来たのだろう。午後十時になると幹事の看護師が、「そろそろお開きでーす」と明るく宣言した。

店を出たところで、二次会のカラオケ組、バー組、帰宅組に分かれたので、清河も帰ろうとしたが、宮原に「先生はこっち」と強引にバー組に引き入れられてしまった。彼女はかなり酔っているようだった。みんなで集まるのは最後だから、ハメをはずしているのだろう。

バー組は看護師ばかり五人だった。これくらいなら大した金額にはならないだろうと、清河は半ば酔った頭で予算を見積もる。一行は神楽坂《かぐらざか》のほうに歩き、古びたビルにあるショットバーに入った。テーブル席に座り、それぞれ好みのカクテルを頼む。清河はアイラモルトをストレートで頼んだ。

「先生、カッコいい」

運ばれてきたショットグラスを見て、看護師の一人が嬌声をあげた。すかさず別の看護師が言う。

「でも、先生の昔話、大楽看護師長からいろいろ聞いてますよ」

「えっ、どんなこと」

思わずうろたえると、看護師たちは身体をよじって笑った。

主役の宮原はジントニックをハイペースで空け、途中からすっかり無口になってしまった。一時間ほどすると、彼女は泥酔状態でテーブルに突っ伏してしまった。

「もう、リカちゃんたら」

同僚が起こしにかかるが、脱力したまま動かない。

「少し寝させてあげたら。そのうち醒《さ》めるだろう」

清河は適当な話題で看護師たちと楽しく語らっていたが、途中で宮原の呼吸がおかしくなった。酔っていても医師と看護師だから、急性アルコール中毒の症状はすぐにわかる。

「まずいな。吐かせたほうがいいんじゃないか」

「そうですね」

看護師が二人がかりで宮原を立たせ、抱きかかえるようにしてトイレに連れて行った。

「大丈夫かな」

清河が心配すると、残った看護師が「宮原先輩、ときどきこうなるんです」と眉をひそめた。

十五分ほど待って、ようやく出てきたが、介抱していた二人は首を振った。

「だめ。吐くのも無理みたい。お水は少し飲んだけど」

宮原は崩れるように座り、ロレツのまわらない口で「ごめんなさい……。でも、やっぱりキモチ悪い」と言うなりまたテーブルに倒れ込んだ。宮原と同期の看護師が、恐縮して頭を下げた。

「清河先生、すみません。あとはわたしたちで面倒見ますから」

「いや、そういうわけにはいかんよ」

いちばん若い看護師が、壁の時計をちらと見た。終電の時間が近づいているのだろう。

彼女たちをタクシーで帰らせるのはかわいそうだ。

「彼女は私が送っていくよ。君たちは先に帰っていいから」

四人は互いの顔を見合わせたが、終電の時間はかなり迫っているようだった。

「それじゃ、お願いしていいですか。ほんとうにすみません」

宮原の同期が頭を下げ、ほかの三人を引き連れて急ぎ足に店を出て行った。

清河は宮原の呼吸だけ注意しながら、回復の時間待ちだなと覚悟を決めた。時刻は午前零時半を過ぎている。

額と首筋をおしぼりで冷やしてやり、三十分ほどすると少し酔いも醒めたようだった。店の人にタクシーを呼んでもらい、肩を貸してなんとか乗り込ませた。

「宮原さん。家はどこだ」

「……本駒込《ほんこまごめ》です」

車が走り出すと、宮原はすぐ意識を失った。タクシーの運転手は慣れた手つきでダッシュボードからビニール袋を出し、「吐きそうになったらこれを使ってください」と清河に渡した。

白山駅《はくさんえき》を過ぎたあたりで、運転手は詳細を訊ねた。宮原は朦朧《もうろう》としながら、旧白山通りに面したマンションの前で車を停《と》めさせた。

「ここです。ありがとう、ございます」

降りようとしたが、ふらついて倒れそうだ。清河は仕方なく、部屋までついて行くことにした。宮原は頼りない手つきで玄関のオートロックを解除し、エレベーターホールに向かった。足元の怪しい彼女を支えながら八階まで上がり、部屋のドアを開けるのを手伝った。

「清河……先生。すみません」

玄関に入ると、宮原の身体が大きく傾いた。

「危ない」

とっさに手を差しのべると、そのまま清河の胸に倒れ込んできた。身体が異様に熱い。アルコールとコロンの香りが立ち上る。ふと気づくと、宮原の潤んだ目が清河を見上げていた。

「先生……。好き」

「ええっ」

清河は狼狽《ろうばい》し、身を強ばらせた。まったく予想もしない展開、というわけではなかったが、それでも急展開にはちがいなかった。

「ちょっと、君。私は、そんな気は」と言いかけたが、薄暗がりの中で宮原の肉感的な唇が清河の視界を覆った。

これまで五十年の人生で、清河に不倫の経験はなかった。自他ともに任じる清廉潔白の士に、スキャンダルなどあり得ない。医師仲間には女遍歴を自慢したり、「婚外恋愛」などとうそぶく輩《やから》もいたが、不倫のせいで離婚した者や、ストーカーまがいの相手に悩まされた者も少なくない。不倫は割に合わない。それが清河の持論だった。

しかし、今の状況はどう判断すべきか。宮原は淋《さび》しいのかもしれない。その求めを拒絶するのは、むしろ酷ではないか。優秀な看護師が正体をなくしているギャップ。欲望と酒の酔いが、清河の脳裏でミキサーのように攪拌《かくはん》された。

気がつくと、彼は宮原の口に唇を重ねていた。両手はすでに彼女の胸に食い込んでいる。宮原はよろめきながら、半ば無意識のように清河を寝室に誘導した。朦朧としているようで、案外、積極的だ。彼女は腕が何本あるのかと思わせるほどの器用さで、清河を求めながら服を脱いだ。

一夜かぎりの関係だ。自分の声がささやくように聞こえ、胸が高鳴った。どうせ彼女は病院をやめるのだし。

そう思ったとき、清河は稲妻のような思いに撃たれた。

(避妊具がない)

危機管理意識の強い清河は、悪い事態には常に周到に備えているが、よい事態に備える習慣がなかった。

動きを止めた清河の心を読むように、宮原が喘ぐようにささやいた。

「一昨日、生理が終わったところだから、ダイジョウブ」

今度こそ行く手を阻むものはなかった。清河は自ら興奮の激流に身を投じた。それでも、かろうじてわずかな理性は残っていた。最後の瞬間、彼は身を引き、滾《たぎ》る体液を夜目にも白い腹部に放った。

その翌々日、清河は珍しく妻と二人で夕食の卓を囲んでいた。

「今日は文恵はどうした」

「会社の一泊研修で熱海《あたみ》に行ってますよ」

「そうか」

わかって聞いたのだが、清河はわざとぶっきらぼうに応えた。宮原との思いがけない一夜のあと、清河は妻に申し訳ない気がして、二日続けて早めに帰宅したのだった。

「文恵が嫁に行ったら、こうして二人の生活になるんだな」

「そうですよ。よろしくね」

冗談めかした言葉に、箸を止める。思いがけず妻がきれいに見えた。これも自責の念のなせる業か。

ややぎこちない世間話のあと、清河は妻に言った。

「食事のあと、久しぶりに少し飲もうか。どうだ」

「……いいですよ」

それは二人の夜の合い言葉でもあった。

風呂に入って、寝支度を整えたあと、妻は大らかに夫を受け入れた。清河は贖罪《しよくざい》の気持を抱きながら、同時に安らぎを覚えた。やはり家庭はいい。この生活は大切にしなければいけない。

清河は後悔と自己嫌悪を懸命に押し殺し、精いっぱいの愛情を妻に注いだ。宮原との一件は酒の酔いとストレスで、魔がさしたのだ。時間をかけて償えばいい。密かに自分にそう言い聞かせていた。

その後、清河は相変わらず多忙な日々を送っていた。小田修三の見落としの件は常に念頭にあったが、文恵の結婚式が終わるまでは凍結だと思うと、それ以上、心を悩ますこともなかった。

宮原はあれから病棟と外来に挨拶に来たあと、予定通り退職した。清河への挨拶はあっさりしたものだった。酔いつぶれて迷惑をかけたことへの謝罪がメインで、それ以上の感傷はなさそうだった。きっと、割り切った性格の女性なのだろう。

その宮原から、すぐ会いたいという電話がかかったのは数日後だった。何の用か。警戒しつつ訊ねると、電話では話せないと言う。声が震えていた。何かを怖がっているのか。それとも怒っているのか。

「二人きりになれる場所で、お話ししたいんです」

「じゃあ少し遅くなるが、帰りに車でマンションの前に行くから」と言うと、「お願いします」と通話を切った。

受話器を置いたあと、清河はしばらく電話をにらんでいた。用件は何か。ふと、どす黒い予感が湧いた。妊娠か。あの日、彼女は安全日のように言ったが、嘘でない保証がどこにある。念のために体外射精はしたが、そんなことで十分な避妊ができないことは、医療関係者ならだれでもわかる。男が引っかかるもっとも初歩的な罠《わな》じゃないか。

清河は両肘をついて髪を掻きむしった。彼女はどうするつもりなのか。まさか、産む気か。いや、中絶費用を要求するのだろう。当然、慰謝料も。断れば事実をバラすと脅すにちがいない。だから、不倫は割に合わないと思ってたんだ。清河は自分の頭を殴りつけたい衝動に駆られた。

しかし、待てよ。関係を持ったのはいつだ。十日前だ。それで妊娠がわかるのか。いや、妊娠検査が陽性になるのは、早くて二週間目からだ。宮原は功を焦って、電話のタイミングを誤ったか。だとしたら、いくら外科病棟勤務で産科の経験がなくても看護師失格だ。

いや、と清河は首を振った。宮原にかぎって、そんな凡ミスは考えにくい。なら、単に不倫をネタに脅す気だろうか。妻や病院にバラすと言って。それで強請《ゆす》られたら仕方がない。こちらにも身に覚えのあることだし、ある程度の金は覚悟しなければならないだろう。

清河は憂鬱な気分で、勤務時間が終わるのを待った。仕事はまだ残っていたが、いやなことは早く片づけたほうがいい。宮原に連絡を入れ、早く会えるように片づけたほうがいい。

て、彼は定時の午後六時に病院を出た。

宮原はマンションの前に立っていた。路肩に車を寄せると、小さく会釈して、助手席に乗り込んできた。

「清河先生。ごめんなさい」

それだけ言うと、いきなり泣き崩れた。堰《せき》を切ったような号泣だ。清河は驚きながらも取り敢《あ》えず発進し、車を路地に入れた。小さな公園があったので、その横に停車した。

「どうしたの、宮原さん。泣いてちゃわからない。ゆっくり話してごらん」

警戒しつつも、できるだけ優しい口調で言った。宮原はなんとか落ち着きを取りもどし、途切れがちに話しだした。

「清河先生。わたしが、病院をやめたのは、失恋が原因なんです。病院のある先生にフラれて、それでわたし、淋しかったんです」

だから清河と関係を持ったというのか。しかし、それが泣いて謝るほどのことか。

「病棟では平気を装ってましたが、心はボロボロで、頭がおかしくなりかけてたんです。だから、あんなことを。悪いのはわたしです。わたしが全部いけなかったんです」

宮原はまた泣きだした。何があったかわからないが、取り敢えず脅すつもりはなさそうだ。いや、油断させておいて、不意を衝《つ》くこともあり得る。常に最悪の事態に備えておかなければと、清河は気を引き締めた。

宮原は、わたしがバカだったとか、迂闊《うかつ》だったとか言って自分を責め続け、迂遠な繰り言を続けた。清河はしびれを切らせて、改まった声を出した。

「何があったのかはっきり言ってごらん。怒らないから」

刹那《せつな》、宮原は息を詰めて清河を見つめ、観念したように答えた。その言葉は清河の想定した最悪の事態を、はるかに超えていた。

「今日、検査を受けてきたんです。わたし、ＨＩＶ陽性《ポジティブ》なんです」

驚きの声も出なかった。ＨＩＶ＝エイズウイルス。頭の中で、世界が瓦解《がかい》した。

宮原は問わず語りに説明した。

「わたし、有休が溜まってたので、退職前に一人でパリに行ったんです。傷心旅行です。パリの街を眺めながら、涙ぐんでたら、親切なフランス人が声をかけてくれました。言葉はよくわからないけれど、いろいろ慰めてくれて、お酒をごちそうしてくれたりして、アパートに行ったんです。そこでわたし、酔ってしまって……」

それで無防備なセックスをしたというのか。看護師なのに、何ということだ。

「……わたしがいけないんです。もう絶望しきっていて、どうなってもいいと思ったんです。まさかそんな人に当たるとも思わなかったし……。でも、もしかしたらって思って、今日で一カ月たつので、万一、感染していたら、抗体検査が陽性になるころなので、即日検査のクリニックに行ったんです」

そこまで語り終えると、宮原はふうっとため息をついた。

「だから、もしかしたら、あの夜、清河先生にも伝染《うつ》してしまったかもしれません。ほんとうにごめんなさい」

清河は石のように動けなかった。唇が小刻みに震え、それが顎から腕、上半身に広がって、全身がけいれんした。ふだん部下を怒鳴り慣れているのに、声も出ない。考えもまとまらない。ただ、心臓だけが内側から痛いほど胸板を打っていた。

「じゃあ、わたしこれで失礼します。清河先生の検査が陰性《ネガティブ》であることを、心からお祈りしています」

宮原は静かにドアを開け、車から出て行った。清河は前を向いたまま、まったくそれに気づかなかった。


ＨＩＶが陽性だったらどうする。

エイズの発症は薬で抑えられるとしても、一生、抑制剤をのみ続けなければならない。どこからか情報が洩れるかもしれない。万一、エイズを発症したら、命を失うばかりでなく、地位も名誉もすべて失う。自分を知るすべての人から嘲笑され、軽蔑される。妻は何と言うだろう。娘には何と思われるか。どんな言い訳もできない。家庭が崩壊する。それは死ぬよりつらいことだ。

そこまで考えて、清河は全身の毛が逆立つような恐怖を覚えた。宮原とのことがあった翌々日の夜の一件。すでに閉経している妻に、避妊はしなかった。もしも清河が宮原からウイルスを伝染されていたら、妻にも伝染した可能性があることになる。

そうなったらもう隠せない。ＨＩＶに感染した妻を放置すれば、いずれエイズを発症する。そこからさかのぼって事実が露見すれば、自分は最低最悪の人間として、恨まれ、呪われる。

抗体が検査できるようになるまで、あと三週間は待たなければならない。気が変になりそうなほど長い時間だ。その間には文恵の結婚式もある。手術の予定も詰まっている。ＨＩＶの不安を抱えて、そのスケジュールをこなせるだろうか。

翌日から、清河には拷問のような日々がはじまった。一日が耐えきれないほど長かった。今すぐにでも検査を受けたい。しかし、抗体価が十分に上がらないうちに検査をして、陰性と出ても意味がない。早めにできる検査もあったが、中途半端なやり方では信用できない。

彼はじりじりしながら、地獄のような時間を必死に耐えた。頬はこけ、目は落ちくぼみ、わずかの間に、見ちがえるほどやつれた。それでも彼は懸命に手術をこなし、部下の論文をチェックし、文恵の結婚式にも出席した。かろうじて花嫁の父親の役目は果たした清河の目は、涙で濡れていた。周囲は一人娘を嫁にやる父親の悲しみと受け取ったが、実際はＨＩＶ陽性に怯《おび》える恐怖の涙だった。もし陽性だったら、すべてが崩れる。そうなったら、たぶん自分は生きてはいられない。

そしてようやく検査のできる日が来た。ネットで調べた結果、保健所がいちばんプライバシーの保護と検査結果に信頼がおけるようだった。それでも念のため都内は避け、横浜の保健所まで出向いて、即日、結果がわかる抗体スクリーニング検査を受けた。

採血のあと、結果が出るのは一時間後だった。清河は目深《まぶか》にかぶったハンチングで目元を隠し、待合室の片隅で待った。身体の震えは抑えようがなかった。

五十分ほどしたとき、清河は受付に呼ばれた。採血したのと別の看護師が、一通の封筒を差し出した。保健所のロゴが印刷された事務封筒。そこに結果が入っているのだ。

清河は席にもどり、目を閉じて深呼吸をした。震える手で封をちぎる。死刑か否かの判決が書かれた紙を見る気分だった。そっけない文字と表にした検査結果が目を射た。

『抗体スクリーニング検査／ＥＩＡ法（酵素免疫測定法）　結果：（－）』

陰性だ。

全身の力が抜けた。スクリーニングで陰性なら、九十九パーセント感染は否定できる。二カ月後に念のため再検査を受けるように書いてあるが、まずは無罪放免も同然だ。

清河は保健所を出て、みなとみらいの臨港パークに行った。なぜか無性に海が見たかった。遊歩道のベンチに倒れ込むように座る。太陽の光を浴びながら、清河は心底疲れ果てて、目を閉じた。

平静さがもどると、清河は自分の狼狽ぶりを深く恥じ入った。医師として、ＨＩＶの感染者を治療し、偏見を打破すべき立場にある自分が、この世の終わりのように取り乱してしまった。情けない。これでは医学の専門家として失格だ。

そう思ったとき、さらに小田修三の検査の見落としの件が頭をよぎった。文恵の結婚式も無事に終わった。しかし、今の清河には、小田の妻にミスを告白する気力はもう残っていなかった。宮原との一件で、これだけ疲労困憊したのに、この上、医療ミスで精神的な負担を背負い込むことには耐えられない。幾多の困難にもめげず、鋼《はがね》のような意志で、誠実な告白をと思っていたが、今の清河にとてもその余力はなかった。

ミスを告白するとか、患者に誠意を尽くすとかは、心身にある程度の余裕があってはじめてできることなのだ。

清河は目を開くだけの力もないまま、ぼんやりと覚《さと》った。

一カ月後の部長回診。

総胆管結石の患者の主治医が、緊張した面持ちで清河に言う。

「この方は明日、胆道造影の予定でしたが、できれば明後日《あさって》に延ばしてほしいとおっしやってるんですが」

清河がかすかに眉をひそめる。

「どうしてだ」

「明日の午後、娘さんがアメリカ留学に出発されるので、見送りに行きたいと」

回診についている医師たちが緊張する。これまでの清河なら、そんな個人的な理由で検査の延期を認めるはずがないからだ。

「……まあ、一日ぐらいならいいだろう。だれしも、事情があるだろうから」

医師たちがキツネにつままれたような顔をした。そういえば、先週の回診で、血小板の検査を見落としていた研修医を怒鳴らなかったときにも、同じような反応が返ってきた。

最後の個室の患者を診察し終えて廊下に出たとき、大楽看護師長が、感心するように腕組みをして、清河に言った。

「清河先生、このごろ人間がまるくなったわね。何があったのかは知らないけど、けっこうなことだわ。腕も確かだし、患者や部下にも優しい。それでこそ真の『至高の名医』にふさわしいわね。ふふふ」

あいまいな表情を浮かべる清河のこめかみに、一筋、生ぬるい脂汗が流れた。

# 愛ドクロ

　人間の頭蓋骨は、十五種、二十三個の骨からなっている。

前頭骨（一個）、頭頂骨《とうちょうこつ》（一対二個）、後頭骨《こうとうこつ》（一個）、側頭骨《そくとうこつ》（一対二個）、蝶形骨《ちょうけいこつ》（一個）、篩骨《しこつ》（一個）、鋤骨《じょこつ》（一個）、涙骨《るいこつ》（一対二個）、鼻骨（一対二個）、下鼻甲介《かびこうかい》（一対二個）、頬骨《きょうこつ》（一対二個）、上顎骨《じょうがくこつ》（一対二個）、口蓋骨《こうがいこつ》（一対二個）、下顎骨《かがくこつ》（一個）、および舌骨《ぜっこつ》（一個）である。


　その少女がどんな顔か、どんな服を着ていたのか、何も目に入らなかった。ただ、斜めに見下ろす頭蓋骨の美しさだけに見惚《みと》れていた。

　みごとに張り出した後頭部、うなじに続く優美な曲線、頭頂部から額へのすばらしい彎曲《わんきょく》。しかも、完璧な左右対称だ。

　原山良人《はらやまよしと》は、仕事の帰りに立ち寄ったコンビニで、その少女を見つけた。妻の真知《まち》に歯磨きを買うように頼まれ、ついでにスナック菓子でもと探しているときだった。

　少女は五歳くらいだった。腰を屈《かが》めて、ポケモンか何かの食玩《しょくがん》に見入っていた。後頭部の形からして、うつぶせ寝で育てられたにちがいない。うつぶせ寝は、乳児突然死症候群を引き起こすことがあるので、忌避されがちだが、形のよい頭蓋骨を作るには必須だ。乳児の骨は柔らかいので、押さえ方でいくらでも形が変わる。うつぶせ寝にすると、赤ん坊の頭蓋骨は後ろに成長して、美しい曲線を描く。ただし、顔の向きをまんべんなく変えないと、いびつな失敗作となる。

ここまで完璧に育てるには、さぞかし苦労しただろう。親の努力を思って、あたりを見まわしたが、それらしい人影はなかった。この子は一人でコンビニに来たのだろうか。そう思うと、原山はますます少女の頭蓋骨に惹《ひ》きつけられた。

少女はきつく縛ったポニーテールだったので、頭蓋骨の細かな部分までよくわかった。鼻骨の先端である「スピナ・ナザリス」はかわいらしく尖り、眉間の「グラベラ」は品よく左右の眉弓《びきゆう》へとつながっている。側頭骨の「ステファニオン」は豊かな広がりを見せ、後頭骨の最下点である「イニオン」はうなじにおしゃまな窪《くぼ》みを造っている。医学部の解剖学講座の技術員を務める原山にとって、骨の名称は慣れ親しんだものだ。

少女の頭蓋骨は、見れば見るほど美しかった。真珠色の骨膜に覆われたタカラガイのような骨を思い浮かべ、原山はふとその感触を指で確かめてみたくなった。少女の薄い皮膚なら、表面の感じがわかるだろう。

原山は通路に人影がないことを見て取ると、少女の横に屈み込んだ。

「こんばんは」

少女は振り返り、あいまいに微笑んだ。原山はふだんめったに見せない笑顔を作って、少女の頭に手を伸ばした。

「お嬢ちゃん、かわいいね」

頭をなでるふりをして、徐々に指を這わせる。指先に力を込め、皮膚の下に隠された感触をさぐる。少女の温かい生の骨。つるんとした隠微な柔らかみ。頭蓋骨を両手で包み、原山はうっとりと目を閉じた。

そのとき、突然、少女がけたたましく泣きだした。

「ちょっと！　うちの子に何すんの」

茶髪の女性が飛んできて、少女を抱きかかえた。さっきはこんな女性は見えなかった。少女は母親にしがみつき、しゃくり上げる。

「おじちゃんが、……触ったぁ」

「どこ触られたの。身体？　お尻？　いやだ。お店の人、来て下さい。この人、痴漢よぉ」

「いや、痴漢だなんて、そんな」

原山は慌てて否定したが、母親の怒りは収まらなかった。レジカウンターから店長らしい男が走ってきて、「どうしたんです」と厳しい声で聞いた。

「痴漢です。娘を触ったんです。この人を逃がさないで」

「あんた、困りますよ、うちの店でそんなことされちゃ」

「ち、ちがいます。そんなことしてません。ただズ、ズガイ……、いや、頭をなでてただけです」

必死に弁明したが、店長は泣いている少女を見て厳しく問い詰めた。

「頭をなでただけで、こんなに泣くか。何をしたんだ。正直に言えよ」

「ほんとうに頭しか触ってないんです。その子の頭が、あんまりいい形だったから」

「何言ってんの。あんた、ちょっとおかしいんじゃないの」

店長が疑わしげな目を向けると、母親が露骨な蔑みを浮かべて言った。

「この人、さっきからうちの娘を変な目で見てたのよ。アブナイ人かと思ってたら、やっぱりよ」

最初から自分を怪しんでいたのか。そう思うと、原山は急に惨めになった。

「おっと、動いちゃいけない。今は痴漢の検査も進んでるんだ。両手を粘着テープに押し当てて、女性の服の繊維が付着してないか調べるんだから。下着の繊維なんかがついてたら、どんな言い訳をしてもアウトだよ」

原山は不安になって、両手を後ろにまわした。

「あ、証拠隠滅する気よ。許せない。早く警察を呼んでちょうだい」

「おい、佐藤くん」

店長がレジカウンターにいる店員に叫ぶと、店員は「警察、もう呼びました」と応えた。

そんな無茶な。原山は思わずその場で二、三度足を踏み替えた。

やがて店の駐車場に威嚇的なサイレンが響き、パトカーが滑り込んできた。二人の警官が駆け込んでくる。

「通報があったのは、この店ですか」

警官が店長に訊ね、逃げ道をふさぐように立ちはだかった。さらにもう一台パトカーと原付が到着して、警官は総勢五人になった。

「お巡りさん、この男がうちの娘を触ったんです」

母親が言うと、少女は警官に驚いたのか、母親のジーパンにしがみついていっそう激しく泣きじゃくった。母親はそれに負けじとヒステリックに訴える。

「ちょっとわたしが目を離した隙に、だれもいない棚の陰に連れ込んだんです。もう少し遅かったら、殺されたかもしれない」

あまりの言い分に、原山はどう反論していいのかわからなくなった。

「あんた、ちょっとこっちへ来て」

年かさの警官が原山を店の奥に誘導した。原山は青ざめた顔で従った。

「女の子に何をしたんだ」

「何もしてません。ただ、その、頭をなでてただけです」

「それだけで、なんであんなに泣くんだ」

「知りません。僕も驚いてるんです」

「しかし、とにかく頭には触ったんだな」

警官は居丈高に念を押すと、原山の返事を待たずに言った。「じゃあ、署のほうで話を聞かせてもらおう」

「どうしてです。僕は何もしてないんですよ」

「何もしなくて、こんな騒ぎになるわけがないだろ！」

いきなり耳元で怒鳴られ、原山は頭が真っ白になった。気づくと、店員や客が怒りと軽蔑の眼差《まなざ》しでこちらを見ている。原山は警官に脇を抱えられ、引き立てられるように出口に向かった。ああ、もうこのコンビニには来られない。身をすくめたその姿は、我ながら犯罪者そのものだった。


パトカーはサイレンは鳴らさず、原山の自宅とは反対方向に走りだした。対向車のヘッドライトが、自分を照らしているように思える。悪いことはしていないから大丈夫という思いと、いったん警察へ連れて行かれたら、どうあがいても犯罪者にされてしまうという不安が、胸に交錯した。

原山が住む地域を管轄するのは、世田谷区中町《なかまち》にある玉川署である。正面玄関から入ると、エレベーターで五階に連れて行かれた。会議室に入り、ずらりと並んだテーブルの後ろに座らされた。コンビニで原山を怒鳴りつけた警官が、向かい側に座る。

「大丈夫か」

意外に優しい声に、原山は恐る恐る顔を上げた。

「大丈夫なら、ここに住所と氏名、生年月日、勤務先を書いて」

言われた通り書くと、警官はさっと目を通し、「へえ、文京大学の医学部に勤めてるのか」と、改めて原山の顔を見直した。

「解剖学講座の技術員、って何をするの」

「解剖用のご遺体の保存処置とか、標本の管理です」

警官は異質な人間を見るように身を引き、ふたたび書類に目を落とした。

「さっきのコンビニでのことだけどね、もう一度、詳しく話してくれる」

口調は穏やかだが、油断はできないと思った。さっきの怒鳴り声がまだ耳に残っている。それでも、正直に話せばわかってもらえるというかすかな希望も湧いてきた。コンビニに寄った理由、少女と出会った場所、頭をなでたら突然、少女が泣き出したことなどを、順序立てて説明した。

「かわいいと思って、頭をなでただけ？」

「はい。それと、その、頭蓋骨の形があんまりきれいだったので、つい……」

警官はふたたび奇異の表情を浮かべた。

「ほかに触ったところは」

「ないです」

「女の子とお母さんにも事情を聞いているからね。隠してもわかるよ」

「隠してなんかいません」

原山が顔を伏せると、警官は困惑したようなため息をついた。原山が嘘を言っていないことはわかっているようだった。

若い警官が呼びに来て、取り調べの警官は席を立った。扉を開けたまま、廊下で報告を受けている。何度かうなずき、肩をそびやかすようにしてもどってきた。

「今、相手さんからの話を聞いたけどね、まあ、あんたの言う通りらしい。ほんとうに頭以外は触ってないんだな」

「はい」

原山が頬を緩めると、「それでもいかんことだ！」と、警官はまた声を荒らげた。

「軽くなでるくらいならまだしも、泣くまで触るのはやりすぎだろう。最近は妙な事件も多いんだから、お母さんが神経質になるのも当然だ。場合によっては、また話を聞かせてもらうかもしれんけど、今日のところは、これで帰ってもらってけっこうです。ご足労おかけしました。以上」

警官はファイルに紙をはさむと、勢いよく立ち上がった。廊下にいた若い警官が、エレベーターで一階まで付き添ってくれた。原山はそこで解放された。

警察署を出ると、どっと疲れが噴き出した。自宅まで歩いて帰れないこともないが、その気力が出ない。原山はケータイを取り出し、真知に電話をかけた。

「もしもし、僕だけど……、今、玉川警察署の横にいるんだ。……うん。悪いけど、車で迎えにきてくれないかな。え……、ああ、ちょっと困ったことになって」

原山はありのままを説明した。「実は、痴漢にまちがえられて……。でも、疑いは晴れたから、大丈夫」

世田谷区瀬田《せた》二丁目のマンションから玉川署までは、車で十分ほどの距離である。バス道に出て待っていると、真知の運転するトヨタ・パッソが近づいてきた。

「ありがとう」

車に乗り込むと、原山はようやく人心地がついた。真知はウィンカーを出して、すばやく車の流れに乗る。

「どうしたの、女の子の頭に触るなんて。大学で何かあったの」

「いや……。ごめん」

原山は運転席に向いて謝った。目の前に真知の側頭部がある。自分にはこんなにきれいな頭蓋骨の妻がいるのに、少女に手を出すなんて、何と破廉恥なんだろう。原山はうなだれながらも、真知の頭部を盗み見続けた。

——頭の形が、すごくいいですね。

三年半前、知り合って二回目のデートで、原山はつい本音をもらして慌てた。頭の形などほめて、変な人と思われないか。しかし、真知は特に気にせず、はにかんだ微笑みを浮かべただけだった。当時、真知は三十二歳。小さな会社の事務員だった。紹介してくれたのは、山梨に住む叔母である。田舎育ちだけど、しっかりした娘《こ》だからと、三十三歳になっても女っ気のなかった原山に、見合い話を持ってきてくれたのだった。

真知が原山のどこを気に入ったのかはわからない。しかし、原山が真知との結婚を決めたのは、一にも二にも頭蓋骨の美しさからだった。

それまで解剖学講座に十年近く勤め、実習の準備などで骨の標本に触れるうちに、原山は頭蓋骨に強く惹かれるようになった。むかしからドクロとかサレコウベなどと呼ばれ、不吉なイメージが強いが、実物の頭蓋骨はたとえようもなく美しい。これを嫌う理由がわからない。どんなに怖がっても、人はだれでも顔の中に一つ、頭蓋骨を持っているのに。

多くの標本を管理するうちに、原山は人の頭蓋骨が透けて見えるようになってきた。最初に気づいたのは、通勤電車の中だった。きりりとした眉の男子高校生の眉弓が、滑稽なほど下がっていたのだ。彼の本来の眉は、お人好《ひとよ》しそうな垂れ眉にちがいない。いくら形を整えても、頭蓋骨はごまかせないのだ。

ほかにも、おちょぼ口を装っている女性の上顎骨が、拳でも入りそうなほど幅広だったり、インテリぶったサラリーマンの頭頂骨が、まったく知性の感じられない扁平形《へんぺいけい》だったりした。

すべての顔は、頭蓋骨に高々一センチばかりの肉と皮を被せただけにすぎない。そう思うと、顔の外見などどうでもよくなった。大事なものは、持って生まれた頭蓋骨の形だ。真知ほどではないにせよ、原山自身の頭蓋骨もまんざらではない。強い個性はないが、どちらかといえば知的な感じだ。彼はそのことに、密かな誇りを感じていた。

自宅のマンションに着くと、真知は駐車場に車を停め、黙ったまま階段を上がっていった。夫が痴漢に疑われたことに不安はあったはずだが、やかましく問い詰めたりしない。二階の自宅に入ってから、ただひとことだけ訊ねた。

「見ているだけじゃ、だめだったの」

原山が頭蓋骨に特別な興味を持っていることは、これまでの結婚生活で真知にもわかっているようだった。だから今夜のことも、単に少女がかわいいから頭をなでたのでないことを見抜いているだろう。この衝動が抑えられなくなったらどうしよう。もし、このまま一線を越えてしまったら……。

「ごめん。もう、二度としないから」

肩を落として謝ると、真知は小さくうなずき、台所で夕食の準備をはじめた。

翌朝、いつも通り出勤すると、原山は医学部の二階にある実習室にこもって、骨標《こつひょう》本《ほん》の整理をはじめた。まもなく三年生の骨学《こつがく》実習がはじまるからだ。

毎年秋からスタートする人体解剖に先立って、医学生は六月から二カ月間、集中的に骨学を学ぶ。骨の各部位の名称を覚え、突起や関節面を観察するのだ。

実習用の標本は、医学生三人に一体分ずつ、衣装ケースのような箱にばらばらに収納されている。頭蓋骨だけは別の透明なプラスチックケースで、壁の棚に横一列に並べてある。四十個ほどの頭蓋骨が、実習室を見守るように取り巻いているのは、ある意味、壮観だ。

この大学で使っている標本は、五十年以上前に購入したもので、医学生たちの手垢《てあか》にまみれ、骨董品《こっとうひん》のように黒光りしている。原山は技術員になってすぐ、これらの骨を磨いてみたが、こびりついた汚れは落ちなかった。古い骨なので、突起が折れていたり、一部が欠けていたりする。医学生たちの扱い方がぞんざいだからだ。なかには勝手に名前をつけて、「ヨネさんの上腕骨、細いねー」などと軽口をたたく者もいる。原山はそういう医学生を苦々しく思っていたが、気づく者はだれもいなかった。医師になることが決まっている彼らにとって、解剖学講座の技術員など空気のような存在だからだ。

講座のスタッフたちも、ふだん原山にはほとんど注意を払わなかった。地味で無口なせいもあるが、やはりただの雑用係としてしか見られていないからだろう。そんな原山が唯一、存在価値を発揮するのは、解剖用の遺体搬入のときである。

解剖実習に使われる遺体は、献体登録した人が亡くなったあと、大学に提供される。病院から直接来ることもあるが、たいていは葬儀を終え、焼き場へ向かう代わりに大学へとやってくる。遺体が到着すると、原山は柩《ひつぎ》から出し、指輪、入れ歯、カツラなどをはずし、死に装束《しょうぞく》を解いて全裸にする。太腿《ふともも》の付け根を五センチほど切って、大腿動《だいたいどう》脈《みゃく》にT字型のガラス管を挿入し、アルコールとホルマリン、石炭酸を混ぜた保存液を、点滴の要領で注入する。

注入が終わると、今度はアルコール槽に浸す。解剖準備室には、縦二メートル、横一・五メートル、高さ一メートルほどのコンテナ型のアルコール槽が八つある。その一つに八から十の遺体が入る。遺体を移動させるのは、天井に取りつけてある電動式のリフトだ。胴体にさらしを巻き、フックで引っかけて吊《つ》り上げる。観音開きの蓋を開けて、静かに沈める。遺体は濃い茶色のアルコールに吸い込まれるように消えていく。あとは静寂と、ホルマリンの刺激臭が漂うだけだ。そして約半年、じっくりとアルコール固定すれば、解剖しごろの遺体になる。

原山は骨実習の標本が入った箱を台にのせて、一つずつ中身を確認していった。欠けている骨はないか、脊椎《せきつい》や手の骨を結んだタコ糸はほどけていないか。
半分ほどチェックしたところで、ケータイにメールの着信があった。発信者は小代祐《こしろゆう》
司《じ》。大学病院の診療放射線技師だ。
『お疲れ。
この前言ってた胎児の
骨格標本、今日の昼休
み、見に行ってもいい
か。それから22日から
埼玉の県立自然の博物
館で「ホネホネ大行
進」という展覧会があ
るけど、行かない？』
あいつも好きだなと、原山は嬉しそうに鼻を鳴らし、返信を打った。
『昼休みの件、了解。
「ホネホネ大行進」も
面白そう。行こう。』
原山が小代と親しくなったのは、一年半ほど前だった。新米の診療放射線技師に撮影

の角度を指導するために、実物の頭蓋骨を見せてほしいとやってきたのだ。小代は背が高く、目の落ちくぼんだ神経質そうな男だった。挨拶も最低限のことしか言わない。人好きのしない無口な男というのが第一印象だった。

新米に一通りの指導をしたあと、小代は標本をケースに返しながら、独り言のようにつぶやいた。

「この骨、まだ若い人だね」

原山ははっと振り返った。小代は標本の側頭骨を見つめていた。その全身から、骨に対する愛着が伝わってくるようだった。原山は何気ないそぶりで小代に言った。

「頭蓋骨は、年齢がわかるよね」

「うん、わかるよ」

小代は標本をしまいながら、当然のように応えた。彼も骨マニアにちがいない。原山は直感的にそう思い、小代もまた、原山が同好の士であるのを感知したようだった。

それから、小代はときどき原山のところに骨を見に来るようになった。実習用のではなく、講義用のきれいな標本だ。ガラスケースの中に吊《つる》された全身の骨格標本を、二人で飽きずに眺める。

「頭蓋骨は表情があるよな」

「ああ。能面みたいに、いろいろ変わる」

親しくなると、原山は、自分と小代にいろいろ共通点があることに気づいた。職場ではともに目立たない存在で、友人も少ない。年齢も同じ。無口だが内面に強い美意識を持っている。そして、どちらも骨が異様に好き。

ただし、小代の興味の対象は主に動物の骨だった。

「ネズミとかモグラの死骸があったら、教えてくれるか。鳥でもいいんだけど」

小代は動物の死骸を見つけると、アパートに持ち帰り、鍋で煮て骨格標本を作るのが趣味だった。一度、コレクションを見せてもらったことがある。ガラス扉のついた飾り棚に、みごとな標本が並べられていた。なかでも彼の自信作はアブラコウモリだった。手のひらほどのコウモリが、微細な骨を広げて羽ばたいている。骨にすると、コウモリもほ乳類で、人間の骨格に対応しているのがよくわかる。ただ一つだけ、股間に見慣れないヒゲのような骨があった。

「陰茎骨《いんけいこつ》だよ」

小代は得意げに言い、にやりと笑った。

彼のコレクションで原山がいちばん気に入ったのは、タヌキの頭蓋骨だった。奥多摩で見つけたらしいが、全身はたいへんなので、頭部だけを持って帰ったらしい。そのうっすらと輝くクリーム色の骨表面は、どんな工芸品より神々《こうごう》しかった。

「きれいだな。内側から光ってるみたいじゃないか。どうやったらこうなるの」

「三日煮て、洗浄とブラッシングを繰り返して、アセトンで脂抜きしてから、オキシドールで漂白する」

「こんな頭蓋骨、僕もほしいよ」

「でも、原山が好きなのは、人間のだろ」

そう言われて、原山はきまり悪げに頭を掻いた。


この日、昼休みに小代が見に来たのは、発生学の講義用に新しく買った胎児の骨格標本だった。妊娠六カ月の胎児で、身長約三十センチ。膝を軽く曲げた状態で、木の台座に固定されている。プロの標本士が作製したものだから、骨表面の美しさ、ポーズの自然さは抜群だ。

「これかぁ。すごいな」

小代は見るなり、歓声をあげた。原山は管理者の特権で標本をガラスケースから取り出した。新品の骨格標本に特有のしょっぱい香りが漂う。

「これくらいの胎児だと、膝蓋骨《しつがいこつ》は骨化してないんだな。それに肋骨は極端な鳩胸《はとむね》だ」

小代は動物と比べるように全身の骨を見まわした。原山が注目するのはやはり頭蓋骨だ。握り拳くらいの大きさで、大泉門《だいせんもん》は菱形《ひしがた》に開き、前頭骨も二つに割れている。垂れぎみの眼窩《がんか》が開き、その下に鼻や口がちっちゃくまとまっている。

「胎児の頭蓋骨は格別だね。側頭骨の鱗部《りんぶ》の薄さはどうだい。中が透けて見えそうじゃないか。下顎は歯槽がなくて魚っぽいし、未来人間みたいだ」

「妖怪人間ベロみたいでもある」

「ああ、それにこの後頭部の長いこと！」

長頭が好きな原山は、標本を横から見て思わずため息をもらした。小代も見とれているようだ。

「かわいいねぇ」

「うん、かわいい。見てたら、ほしくなってくるよ」

「やめとけ。原山の骨好きは、みんな知ってるんだろ。なくなったら一発でばれるぞ」

「残念だな」

もし、こんな頭蓋骨が手に入れば。原山は、コレクターの血が全身で煮えたぎるのを感じた。


五月の最終土曜日、原山は車で高井戸にある小代のアパートに向かった。埼玉の県立自然の博物館で開かれている「ホネホネ大行進」を見に行くためだ。

博物館へは練馬《ねりま》インターから関越自動車道に乗り、深谷《ふかや》市の花園インターで下りて、さらに一般道を三十分ほど走らなければならない。自宅からは二時間近い道のりだが、二人とも骨のためならそれくらいは平気だった。

高速道路に乗ってから、原山は先日のコンビニでの痴漢騒動のことを小代に話した。

「女の子の頭蓋骨がさ、あんまりかわいいんでつい触っちゃったんだよ。そしたら、母親が痴漢だって騒ぎ出して」

「で、どうだった。その子の骨」

「最高さ。ぐっと後ろに張り出して、たまんなかった」

「よかったな。でも、その母親、さすがだな」

「ああ、さすがだ。見抜かれてた」

二人は笑いながら、快晴の高速道路をぶっ飛ばした。

博物館に着いたのは午後一時五十分すぎで、二時からはじまる講演会にはぎりぎりだった。二人は急いで入口へ向かった。

「骨格標本作製の舞台裏」と題された講演は、ドイツのシュトゥットガルト自然博物館から標本士が来て、専門的なテクニックを紹介するものだった。題材は皇帝ペンギンの標本作製。ドイツ人の標本士がスライドを見せながら説明し、職員が通訳する。

「最初の工程は除肉です。ナイフで皮を剝ぎ、筋肉を取り除きます。眼球の除去、脳の掻き出し、鼻腔《びくう》の洗浄も重要です。このとき小さな骨をなくさないように、メッシュの袋に小分けして番号を振っておきます」

説明を聞きながら、小代が「基本だな」とつぶやく。しかし、そこから先がプロの技だった。乳化剤を使って骨の周辺組織をふやかす「浸軟《しんなん》」、脂肪の乳化を進める「浸溶《しんよう》」、ジクロロメタンを使って延べ二百時間にもおよぶ「脱脂」、さらに漂白、固定、表面処理と、専門家ならではの工程が次々と解説された。なかには大がかりな器械を必要とする作業もあり、とても個人でできるレベルではない。小代はメモをとりながら、何度もため息をついた。

スライドが終わると、明かりがついた。定員百二十人の講堂が八割方埋まっている。

「けっこうマニアがいるね」

原山が感心すると、小代は「最近は骨好きの連中が作ったNPOもあるからな」と鼻息を荒くした。

講演のあと、二人は展示スペースを見てまわった。リスザル、イルカ、ツキノワグマなどのほ乳類から、エリマキトカゲや世界最大といわれるゴライアスガエルなど、は虫類、両生類も並べられていた。特設コーナーでは、「わたし、だぁれ?」と題して、動物の頭蓋骨を当てる催しもあった。指先に載るくらいの骨から、大人でも持ち上げられそうにない重量級まである。

「いちばんでかいのはカバだな。あの分厚くて硬そうなのはウミガメ、口のでかいのはオランウータンだろう。そっちの小ぶりのは、えーと、ラッコかな」

さすがに小代は詳しかった。客たちは標本に見入り、感心したり気味悪がったりしている。原山はそれを眺めながら、客の頭蓋骨を思い浮かべた。賢そうだったり、下品だったり、陽気だったり、陰気だったり。毎日多くの標本を見ている原山には、頭蓋骨の特徴は自《おの》ずとわかる。展示品も頭蓋骨、それを見るのも頭蓋骨。会場に頭蓋骨があふれている。

ふと、原山は小代に訊ねた。

「病院でレントゲンばっかり撮ってるとさ、人間を見ても骨が見えたりしない？」

「いやあ、それはないね」

「でもさ、診療放射線技師って、骨のカメラマンみたいでおもしろそうじゃない」

「仕事で撮るのはつまらんよ。好きなポーズで撮れるわけじゃないし」

順路の最後のほうで、原山たちはすばらしい標本に出会った。ニホンザルの子どもの骨格標本だ。子ザルの頭蓋骨は顎が未発達なので、うっかりすると人間の骨と見まちがう。形がかわいいだけでなく、この標本は表面の仕上げがみごとだった。

「なんてきれいなんだ。ここまでするには、やっぱり大がかりな装置がいるのかな」

「いや、僕のやり方でも、これくらいはいくよ」

「そうだな。君んとこのタヌキもきれいだったもんな。こんな標本を見てると、やっぱりマイ頭蓋骨がほしくなる」

「だろうな」

小代は原山に共感するようにうなずいた。

「どこかに、頭蓋骨はないかな」

「動物のなら、あると思うよ」

「うーん」

原山はうなった。子ザルもかわいいけれど、動物じゃあどうしようもない。やっぱり、人間のでないと……。


「ちょっと原山さん、どいてよ！」

実験室の掃除をしていたら、いきなりポスドクの女性研究員に怒鳴られた。博士号を持ちながら、常勤にもなれないゼッペキ頭の貧相な頭蓋骨の女だ。論文の締め切りが迫っているのはわかるが、こっちだって仕事をしているのだ。原山は腹が立ったが、顔には出さずにその場を離れた。

講座のスタッフに邪険な扱いを受けると、原山はいつも標本室に行く。点検のふりをして、標本を取り出す。悔しい、スタッフは僕より不細工な頭蓋骨ばかりなのに。そう思いながら、原山はいちばん形のいい頭蓋骨と向き合う。前頭骨の優美なフォルム、頤《おとがい》の気品あふれるライン。それを見ていると、徐々に屈辱が癒《いや》されていく。それだけではない。身体の芯が甘く疼《うず》くような、奇妙な興奮が湧き上がる。倒錯した官能。ああ、やっぱり自分には骨しかないんだと、原山は思う。

マイ頭蓋骨に対する原山の渇望は、単なる空想から、次第に具体性を帯びてきた。

「ホネホネ大行進」から数日後、仕事帰りに小代とJR新宿駅のコンコースを歩いていると、原山はふいに立ち止まってつぶやいた。

「あんなのが手に入ればなあ」

すれちがった女性は、後頭部が品よく張り出していた。それを目で追い、恍惚《こうこつ》としている。小代は困惑げに原山の肩にそっと手を置く。

「たしかに形はいいが」と肩の手に力を込める。「実際に標本にするのは、どうかな」

「わかってる」

原山はうなずき、茫然《ぼうぜん》と歩きだす。

二人は酒を飲まないので、たまに仕事帰りに骨の話をするときは、喫茶店に入ることが多かった。薄暗いカフェに入り、コーヒーを注文したあと、小代は落ち込んでいる原山を慰めた。

「頭蓋骨なら、奥さんのがすばらしいじゃないか」

小代は一度だけ、真知に会ったことがあった。独身の小代を原山が夕食に招いたのだ。

「奥さんのあの頭はちょっとないぞ。あんなきれいなのが自分のものなら、満足だろう」

「ああ、たしかに僕にはもったいない。でも、ほんとうのことを言えば、真知の頭蓋骨そのものを手に入れたいんだ。自分のものにして、触ったり、のぞきこんだり、指を入れたりしたら、どんなにいいだろう」

小代はしばらく黙り込んだ。

「気持はわかるが、奥さんが生きている間は無理だぞ。死ぬまで待てるか」

「さあ……。どこか崖みたいなところにドライブに行って、足を踏み外してくれないかなとか、夢想することもあるよ。だけど、転落だと肝心の頭蓋骨が割れるかもしれない。それなら、海で溺れてもらうのはどうか、とか」

「うまい具合に死んでくれても、どうやって頭蓋骨を取るんだ。葬式のときにばれるぞ」

「通夜のときに、みんなが寝静まってから取るとか」

「出棺の前にお別れがあるだろう。棺に花を入れたりするじゃないか」

「じゃ、火葬の前か」

「そのときも親族はいるだろう」

「焼く前に二人きりにしてほしいと頼むのさ。最後の別れをしたいと言えば、みんな席をはずしてくれるんじゃないか。首の切断自体はそれほどむずかしくはない。メスで皮膚と筋肉を切って、頸椎の靭帯《じんたい》と骨膜を切開すれば、すぐにはずれる」

「そりゃ、君なら、できるだろうけど」

「死体の顔は無気味だけれど、骨にしてしまえば、生きているときと同じだものな。真知の形見ということで、もらえないかな」

「…………」

小代は苦いコーヒーを飲み、それ以上に苦そうに顔をしかめた。

沈黙のあと、小代が思いついたように言った。

「そういえば、先週、大田区のマンションの側溝から、白骨化した女性の遺体が見つかったって記事が新聞に出てたぞ。マンションの五階に住む独り暮らしの女性が、酔ったか何かで転落して、気づかれなかったんだそうだ」

「へえ」

原山は気のない返事をしたが、小代はケータイの検索サイトで記事を調べた。

「あった。これだ。警視庁の発表によると、死後数カ月気づかれなかったらしい。花壇の内側の溝に遺体がはまっているのを、清掃業者が見つけたんだと。原山もこういうのを見つけたらどうだ」

「そんなうまい具合に、死体が落ちてるかな」

「いや、案外あるかもしれんぞ。前にも大阪のデパートの植え込みで死体が発見されたというニュースがあったはずだ」

小代は適当にキーワードを入れて検索する。「あった。二〇〇三年十二月だ。梅田の阪急百貨店前の植え込みで、ミイラ化した死体発見。ほかにもありそうだな。あ、二〇〇八年十一月、松阪市《まつさかし》のショッピングセンターの受水槽からも、死体が見つかってる。約一カ月間、水に浸かってたんだと。これなら標本にしやすいだろうな。二〇〇九年七月には、大阪府能勢《のせ》の山中で、女装した男性の白骨死体も見つかってる。赤いニットワンピースにパンストをはいてたらしい。動物もそうだが、人間の死骸もけっこうあるのかもしれんぞ」

話を聞くうちに、原山も徐々にその気になってきた。

「ホームレスとか、ヤクザに殺された人の死体が、河原なんかにあるかもな」

「そうだ。岡崎京子の『リバーズ・エッジ』は、まさにそんな設定だ」

マンガ好きの小代は早口に説明した。「ホモでいじめにあってる高校生が、かばってくれた同級生の女子に、河原で見つけた死体を〝宝物〟として見せるんだ。その死体はいい感じに白骨化してた」

マンガより小説が好きな原山も、思い当たるように言った。

「スティーヴン・キングの『スタンド・バイ・ミー』もそうだったな。少年たちが死体探しの旅に出る話」

「ああ。葬式で頭部を取るのは問題だが、自分たちで見つけた死体ならいいだろう。さっそく、次の日曜日にでも探しにいくか」

「よし、行こう。頭蓋骨《スカル》ハンティングだ。なんだか元気が出てきたよ」

原山は冷めたコーヒーをぐいと飲み干した。


しかし、死体探しがさほど簡単でないことは、原山にも小代にもすぐにわかった。

行旅死亡人《こうりょしぼうにん》のデータベースを見ると、身元のわからない死体は毎年七百から九百ほど見つかっているが、それは全国の話で、場所も発見のされ方もまちまちだ。海を漂流、山林で白骨化、雑木林で縊死《いし》、空き家でミイラ化、草むらで腐敗等々。いずれも偶然発見されたもので、探して見つかったものではない。

ネットで死体探しを検索すると、自殺の名所である富士山麓《ふじさんろく》の青木ヶ原が紹介されていたが、これも簡単に見つけられるものではなさそうだ。樹海から出られなくなって、死体探しの当人が、死体になりかけたという笑えない書き込みもあった。

日曜日、原山と小代は取り敢えず近くのマンションの植え込みや、雑草の茂った空き地を探したが、死体などあるはずもなかった。

「まず情報を集めないと、むずかしいかもな」

原山は落胆し、早々に探索を中止した。

情報を集めるといっても、どうすればいいのか。雲をつかむような話だとあきらめかけたとき、原山はふと、あることを思い出した。真知の故郷の山梨県南都留郡久米村《みなみつるぐんくめむら》で、二十年ほど前まで土葬が行われていたという話だ。いつか真知が言っていた。彼女が小学六年生のころ、近所の女の子が肺炎で死んで、小さな座棺で土葬したのがかわいそうだったと。それを掘り出せばいいのではないか。

原山は何気ないふりで、真知にその少女のことを訊ねた。真知は少女を「サキちゃん」と呼んだ。

「名字は?」

「程原《ほどはら》よ。どうして」

「いや、別に……」

原山は適当にごまかし、翌日、さっそく小代にその話をした。

「灯台もと暗しだったよ」

「で、場所はわかるのかい」

「真知の実家に行ったとき、何度か墓参りをしたからたぶんわかるよ」

善は急げとばかりに、二人は次の日の夜に墓掘りに行く計画を立てた。

午後八時半。原山はトヨタ・パッソで小代のアパートに向かった。真知には小代の標本作りを手伝うので、泊まりになるかもしれないと言っておいた。

高井戸インターから中央道に乗り、相模湖《さがみこ》東出口を出て、国道413号線を奥相模湖方面に進む。あたりは真っ暗で、ヘッドライトが照らすガードレールだけが頼りの山道が続く。いくつか集落を過ぎると、「久米村」の標示が現れた。

「真知の実家は郵便局の向かいなんだ。その手前の農道を曲がれば、墓地まで一本道だ」

原山は店じまいをしかけているガソリンスタンドを過ぎて、畑の間を左に曲がった。車一台がぎりぎり通れる田舎道だ。畑が終わり、やがて山の中に入った。セメントで固めた急勾配の道を上がり切ると、行き止まりの空き地に出た。

「車はここまでだ」

原山は車を停め、用意した道具を下ろした。ケータイで時間を確かめると、午後十時十分。夜明けまでには六時間以上ある。二人は小さくうなずいて、熊笹《くまざさ》に覆われた細い道を上った。

墓地は空き地から五分ほど歩いたところにあった。周囲を雑木に囲まれている。暗い。東京では考えられない闇の深さだ。

入口の六地蔵を過ぎると、無気味な空間が広がった。懐中電灯を向けると、墓石の群れが浮かび上がる。

「右側の墓地は、十年ほど前に広げたはずだ。だから、少女の墓は左側にあると思う」

二人は跫音《あしおと》を忍ばせて、墓の間を進んだ。途中で原山が数基の墓石を照らした。

「ここは真知の実家の墓所だ。古屋《こや》って書いてあるだろ。真知のおじいさんも土葬のはずだ」

並んだ墓石が微妙に傾いている。座棺が朽ちて地面がへこみ、土を足してもまた窪むからだ。

「ここから分かれて探そう」

二人は運んできた道具を地面に置き、懐中電灯で墓石の名前を照らしていった。

真知が小学六年生だったということは、今から二十三年前だ。それくらいの墓ならさほど古びてはいないだろう。二年前に墓参りに来たときは、苔《こけ》むして字の読めない墓もあった。あのとき、雑木にたくさんカラスがいた。お供えを狙っていたのだ。原山がふと懐中電灯を上に向けると、夜なのにおびただしいカラスの影が見えた。

「おい」

振り向くと、小代が懐中電灯で自分の顔を下から照らして立っていた。

「わぁーっ」

「冗談だよ。向こうは古い墓ばっかりだ。あるとすれば、やっぱりこっちじゃないか」

原山は動悸《どうき》を抑えながら、小代と二列で探しだした。陰気な風が雑木を揺らす。

「あ、これじゃないか。『程原家之墓』って書いてあるぞ」

小代が黒御影石《くろみかげいし》の墓碑を照らした。横に小振りの墓石がある。梵字《ぼんじ》の下に「光雲院薫希童女」、側面には「俗名早希《ぞくみようさき》　行年《こうねん》七歳」と彫ってある。

「これだ。まちがいない」

原山は急いで道具を取りに行った。慌てて石縁にけつまずき、ショベルを落としてしまう。ガランガランと大きな音が響く。

「落ち着け」

「すまん」

そう言いながらも、原山は興奮して墓の前に道具を投げ出した。

「さあ、掘ろう」

「ちょっと待て。埋めるとき元通りにしやすいように、表面の土は崩さないほうがいい」

小代《の》は墓の手前の地面を、十センチほどていねいにすくい取り、ビニールシートに取り除けた。二人で同時には掘れないので、原山が先にショベルをとった。墓を暴くとか、遺体を損壊するとかいう意識はなかった。もうすぐ少女の頭蓋骨が手に入るという期待と喜びに、心を奪われていたのだ。

「棺桶《かんおけ》に当たったら気をつけろ。ショベルで骨まで砕いたらアウトだぞ」

「わかってる。そんな、ヘマ、僕がするかよ」

原山の声はショベルのひとすくいごとに弾んだ。土は意外に掘りやすかった。いくら子どもの座棺でも、そこそこの大きさはあるはずだ。まずは棺桶を掘り当て、それから小さいスコップで慎重に掘ればいい。

小代が腕時計を照らし、時間を見た。

「そろそろ代わるか」

「いや、まだ大丈夫だ」

原山は疲れるどころか、ますます身体に力がみなぎってくるようだった。

五十センチほど掘り進んだとき、突然、強烈な光が横から原山たちを照らした。

「こらぁあ、おまんら、何しとんけぇ」

通常の懐中電灯の三倍ほどもある野外用ライトに、原山は思わず顔を背けた。肘で光を避けながら見ると、屈強な男が二人立っている。一人は木刀を持っている。

「われんとぉは、どこのもんか！」

「す、す、すみません」

原山はショベルを隠し、深々と頭を下げた。小代も後ろで固まっている。

「見慣れん車が墓のほうへ行ったつこん、来てみたら、おまんら何してるだ」

「墓泥棒か」

「ちがいます。僕たち、そんなつもりじゃ」

「ほしたら、どういでそんなもん掘るだ」

「どうしてって、その、あの……、すみません。このあたりは土葬だったと聞いたものので」

男たちは険しい表情で、顔を見合わせた。ライトを掲げた男が声を荒らげる。

「骨を盗む気けぇ」

「てーっ、許せね。警察へ連れて行かだぁ」

「待ってください。ちがうんです。あの、実は、僕、この村の古屋明雄《あきお》の義弟なんです」

原山はとっさに真知の兄の名前を出した。明雄は青年団の元団長で、日赤奉仕団の支部長も務める村の顔役だ。

「何だと。明雄さんのうちっきりだてか」

「むちゃぼん言っちょし」

「いえ、でたらめじゃありません」

必死に抗弁すると、緊張のあまりか、原山の鼻から鼻血が噴き出た。ライトが鮮血を照らし、男たちが気味悪そうに一歩引き下がる。

「どうするだぁ」

「明雄さんに聞いてみっか」

男はライトを下げ、ケータイを取り出した。

「もしもし、明雄さんですけぇの。おつかれなって。ヤマネンのマサです。遅《おせ》ぇ時間にわりぃんだども……」

ヤマネンは、たしかさっき通ったガソリンスタンドの屋号だ。あのときに見られたのかと原山は顔をしかめたが、手遅れだった。

「……はあ、ほうですけぇ。ほりゃ、申し訳ねんでごいす」

男は通話を終えてから、原山に「明雄さん、すぐ来るずら」と言った。ケータイで時間を確認すると、午後十一時半を過ぎている。原山は、十歳年上でけむたい存在である義兄の名前を出したことを後悔した。何も知らない小代は、「よかったな」とのんきに喜んでいる。

鼻にティッシュを詰めて待っていると、下の空き地に車の気配がして、大柄な義兄が荒々しい足取りでやってきた。

「良人くんけぇ。こんなとこで何やってるだぁ」

「すみません」

原山はうなだれて首筋に手を当てた。

「真知はこのこと、知っとるだか」

「いえ……」

「あんた、自分のやってることが、わかっとるがか。文京大学みてぇな立派なとこに勤めとって、まったく何を考えとぉだ」

「ほんとうにすみません」

深く頭を下げると、また鼻血が噴き出しそうになり、慌てて顔を上げて反らせた。小代が後頭部をトントンと叩いてくれる。

義兄は苛立ったようすで舌打ちすると、「すぐ、元通りにしろし」と地元の言葉で命じた。原山と小代が穴を埋めだすと、二人の男は義兄に遠慮するように、「ほんじゃあ、おれたち、これで帰りますけぇ」と引き上げていった。

原山と小代が土をもどしている間、義兄はケータイで真知に電話をかけた。原山が墓地で村の若い衆に見つかったと不機嫌そうに伝え、「こんな時間に墓を掘ってるだぞ。まともな人間のすることだか」と、聞こえよがしに非難した。原山を蔑み、忌み嫌っているのは明らかだった。むろん、原山に反論できるはずもない。彼は惨めな気持で義兄の棘《とげ》のある言葉に耐えるしかなかった。


帰り道は小代がパッソを運転した。原山は意気消沈して、とてもハンドルを握れる状態ではなかったからだ。鼻血もなかなか止まらず、頭蓋骨を入れて帰るために用意していたビニール袋に、血に濡れそぼったティッシュを何度も捨てた。

義兄はもともと原山に好意的でなかったが、今回のことでいっそう愛想をつかしたようだった。嫌われるのは仕方がない。しかし原山をそれ以上に深く落ち込ませたのは、義兄の彼に対する異物を見るような目だった。

「ひどい扱いだったな」

中央道に乗ってから、原山がつぶやいた。「なんだか、僕の存在そのものを否定されたような気がするよ」

「そんなことないって」

「いや、講座の大学院生にも言われたことがあるんだ。原山さんって、何を考えてるのかわかんないとこありますねって。面と向かってだ。だれも僕をまともに扱ってくれない」

「いいじゃないか。僕らには好きなものがあるんだから。大方の連中は夢中になれるものがなくて、苛ついてるのさ。それに骨好きは決してマイナーじゃない。『ホネホネ大行進』だって、あんなに大勢集まってたろ」

「あれは動物の骨だろ。人間の頭蓋骨に惹かれるなんて、やっぱり僕は異常なのかもしれない」

「少なくとも僕はそうは思わんよ。だから、こうして手伝いに来たんじゃないか」

「そうだな……。ありがとう」

原山は弱々しく言い、また血まみれのティッシュを替えた。

道順では小代のアパートが先だったが、彼は原山のマンションまで同行してくれた。真知がどう反応するか、原山が不安そうにしていたからだろう。

マンションに着いたのは午前二時四十分だった。真知は寝ずに待っていた。目が真っ赤だった。小代がいっしょなのを見ると、一瞬表情を強ばらせたが、黙って二人を招き入れた。ダイニングテーブルをはさんで座ると、原山をまっすぐ見据え、低い声で言った。

「サキちゃんの骨を、掘りに行ったのね」

原山はうつむいたままうなずいた。真知がぐっと息を詰める。小代が慌てて弁解した。

「奥さん、すみません。原山も悪気があったんじゃないんです。何と言うか、その、止めなかった僕もいけなかったし……」

口べたな彼はすぐ言葉に詰まった。真知がゆっくりと小代に顔を向ける。

「この前は、コンビニで痴漢にまちがえられたんですよ」

「らしいですね」

「この人が頭蓋骨を好きなのは知ってます。前に、わたしにこう言ってました。頭蓋骨は何も言わない、言い返しもしない、だからいやなことがあったら、頭蓋骨を見るんだって」

真知は視線を落とし、自分に言い聞かすように続けた。

「その気持はわかるんです。この人は不器用で、世渡りも上手でなく、大学でもいろいろ苦労してるんだと思います。でも、まじめだし、わたしのために頑張って仕事をしてくれてます。わたしはこの人が好きなんです。だから、満足できるようにしてあげたい。

いですか」

でも、女の子の頭に手を出したり、お墓から骨を掘り出そうとしたり、あんまりじゃな

「たしかに」

小代はまじめくさった顔で同意した。真知は深いため息をつき、思い詰めたように唇を嚙んだ。

「あれからまた兄から電話があって、もう別れてしまえって言ってたわ」

原山が思わず顔を上げる。まさか、本気でそんなことを。また鼻血が噴き出そうになり、詰めていた息を慌てて吐いた。それでも身体が震えるのを抑えることができない。

「もし、村の人に見つからなかったら、ほんとうにサキちゃんの頭蓋骨を持って帰ってくるつもりだったの？　そんなの、わたし、耐えられない」

「原山、謝れ。やっぱり君が悪いよ」

「ごめん。もう、二度と……」

そう言いかけて、前も同じことを言ったのを思い出し、口をつぐんだ。とても信じてもらえそうにない。何と言って謝ればいいのか。

「わたし、今まであなたの気持を理解しようとしてきたけど、こんなことが続いたら、もう無理かも……。あなたはわたしが好きなの。それとも、わたしの頭蓋骨が好きなの」

真知の声が冷たく響く。原山は恐怖で心臓が締めつけられるようだった。冷や汗が噴

き出し、目の前が暗くなる。真知が自分から去るなんて、考えられない。こんなに愛しているのに。原山は疲れとショックで、頭が朦朧としてきた。

真知を失うくらいなら、いっそ破滅してしまったほうがましだ。真知の頭蓋骨を取って、どこかへ逃げる。どこへでもいい。真知の頭蓋骨さえあれば。いや、しかし、そんなことができるのか。どうやって手に入れる。真知の頭蓋骨がほしい。それは、むずかしい。だけど、ほしい。それは無理。でも、何とか……。

原山はうつむいたまま、震える拳を握りしめていた。


壁のスイッチを入れると、四隅に青い光が灯《とも》った。

中央に寝台があり、巨大なC字型のアームが上と横から取り囲んでいる。横には四つのスクリーンと、心電図や血圧などのデータを表示するモニターがある。

「これは、バイプレーン回転DSAという最新式のシステムだ。この装置はCアームといって、アームの両端にX線照射装置と検知装置が向き合っている」

小代は原山に説明し、ガラス窓で仕切られた操作室に入った。天井から吊り下げられたCアームを電動で移動させる。大仰な作動音が響き、二メートル近くあるアームが寝台からはずれる。小代が検査室にもどってきて、全身を覆うエプロンのようなプロテクターを真知に着けさせた。

「ちょっと重いけど、しんぼうしてください。これを着ければ放射線障害の心配はありませんから」

用意ができると、小代は真知を、幅八十センチほどのCアームの中央に立たせた。原山を促してふたたび操作室に入る。

「真知さん、聞こえますか。オーケーなら右手をあげてください」

マイク越しの指示に、真知が手をあげる。

「よし。じゃあ、はじめるか」

小代が大学病院の当直の夜、原山は午後十一時すぎに、真知を放射線科の検査室に連れていった。彼女の頭蓋骨のレントゲン写真を撮るためだ。

真知の頭蓋骨を得る方法を考えあぐねるうちに、原山はふと、学生時代に読んだトーマス・マンの『魔の山』の一場面を思い出した。主人公の青年ハンスが、思いを寄せる夫人から、別れの記念に小さなガラス板の写真をもらうエピソードだ。写っているのは、彼女の胸のレントゲン写真だ。古い文庫本を探してみると、小説にはこうあった。

『上半身の華奢《きやしや》な骨格が、肉の柔らかい形に明るくおぼろに包まれて、胸腔《きようこう》内の諸器官とともに認められた』

写真で満足できるかどうかはわからないが、何もないよりはましだ。

「もう二度と頭蓋骨をほしがったりしない。だから、この頼みだけ聞いてほしい」

原山は最後の望みを託して、頭を下げた。真知ははじめ迷っていたが、原山の執拗《しつよう》な説得に根負けして、承諾してくれた。

病院の夜間通用口の守衛は、大学の身分証を見せるとすんなり通してくれた。小代は灰色の技師服に着替えて二人を待っていた。彼らは人気《ひとけ》のない放射線科のフロアに行き、こっそり血管撮影室に入り込んだ。

小代が検査室の照明を落とし、操作盤のレバーを引く。モニターに真知の頭蓋骨が浮かび上がる。フルデジタルの高画質データだ。色補正もできるから、実物の骨をＣＧで描いたようにリアルだ。

「すごい！　こんなにきれいに見えるのか」

原山はモニターに見入り、感嘆の声を洩らした。

「真知さん、ちょっと横を向いてもらえますか」

小代の指示に、真知がぎこちなく向きを変える。

「雰囲気が硬いな。これじゃまるで身分証明写真だ」と小代はつぶやき、「少し斜めに向いてください。緊張しないで」と声をかけた。真知は言われた通りに動く。顎を引くと、耳鼻科の検査で使うステンバース法の角度になった。小代がボタンを操作し、ズームをかける。モニターに真知の内耳《ないじ》が映し出される。

「一枚、撮ってくれ」

原山の指示で小代が撮影のスイッチを押す。原山は思わずマイクに言う。

「真知、君の耳小骨《じしようこつ》、とってもかわいいよ」

真知が困惑気味に操作室を見る。

「いい感じです。もう少しリラックスして。そう、自然なポーズで」

小代が言い、原山も励ます。

「大丈夫。いつもの君でいいんだから。少し笑ってくれる。あ、いい感じだ。笑うと骨も明るくなるよ」

「よーし。ちょっとアームを動かすか。真知さんはそのままでいいです。動かないで。何か楽しいことを考えてください。もっと気持を込めて。そうです。いいねえ。ほんとに骨が笑ってる感じだ」

小代はアームを操作し、角度を変えて真知の頭蓋骨を透視する。原山はうわずった声で真知に指示を出す。

「そう、いいよ。今度は首を傾げて。そう、ちょっと考え込むように。いいぞ。そのまま後ろを向いてみて。軽く振り向く感じで、もう少し肩をひねって。うーん、いいね。キマッてる」

撮影が進むにつれ、原山も小代もカメラマンのような気分になり、口調も熱くなった。その高ぶりが真知に伝わるのか、彼女もモデルのように振る舞う。空を見上げるようなポーズをとると、小代が思わず叫んだ。

「あ、きれいだ。真知さんの前頭洞《ぜんとうどう》。こんなきれいなウォータース法は見たことがない」

額の下部にある副鼻腔を見て、小代が連続で撮影スイッチを押す。原山はマイクを両手で握りしめて言う。

「真知。僕のことを考えて。僕は君を愛してる。君は僕のすべてだ」

モニターの頭蓋骨が小さくうなずく。斜めに向いた絶妙の角度。骨の線が美しい輪郭を描き、虚《うつ》ろな眼窩がこちらを見つめる。原山は居ても立ってもいられなくなり、小代に言った。

「僕もいっしょに写してくれ」

「じゃあプロテクターを」

「そんなもの、いらない」

原山は操作室の扉を開けて、飛び込むように検査室に入った。

「真知、来たよ」

Cアームの間に入り、真知を抱きしめる。真知はじっと原山を見つめる。原山が天井のマイクに叫んだ。

「小代、どんどん撮ってくれ」

照射器から撮影の気配が伝わる。検査室のモニターに、二人の頭蓋骨が映っている。

原山はそれを横目で見ながら、そっと真知に口づけをした。重なり合う二つの頭蓋骨。奇妙な美しさを備えた画像が、モニターに映し出される。

「よし。そのまま動かないで。スキャンするから」

マイクから小代の声が響くと同時に、Cアームが唸《うな》りをあげて水平に回転した。約三秒の高速連続撮影。終わると、円形モニターに輝点が灯った。

「一分だけ待ってくれ。今、コンピューターで画像の立体再構成をやってる」

やがて映像がモニターに浮かび上がる。黒の背景に、象牙色《ぞうげいろ》のリアルな頭蓋骨。実際の骨と見まがうようなみごとな3D画像だ。

「原山、どうだ！」

「すばらしい！　だれも見たことのない、愛し合う頭蓋骨だ」

原山は真知を抱いたまま、いっしょにモニターを見上げた。原山と真知の頭蓋骨が、互いを愛おしむように接吻《せっぷん》している。わずかに口を開き、見つめ合って。

モニターに見とれ、原山は至福の思いに満たされた。

真知、すばらしい。僕は待つよ。君が死んで、このすばらしい頭蓋骨の実物が、ほんとうに僕のものになるまで。

＊『魔の山』の引用は、高橋義孝訳（一九六九年刊、新潮文庫）による。

# 名医の微笑

窓のないカテーテル治療室に、甲高い金属音が響いている。

青い滅菌布に覆われた治療台には、冠動脈《かんどうみやく》の狭窄《きようさく》で、心筋梗塞の一歩手前の患者が横たわっている。

その横には、手術着の上に放射線防護用のプロテクターをつけた医師が二人。さらに看護師、レントゲン技師、臨床工学技士らが、同じプロテクターをつけて、医師の治療を見守っている。

患者が受けているのは、「ロータブレター」と呼ばれる器具を使う新しい治療だ。直径一・五ミリの紡錘形《ぼうすいけい》の金属に、微細なダイヤモンドをコーティングしたドリルで、冠動脈の内側にへばりついた「プラーク」（肥厚性《ひこうせい》病変）を削り取る。

太腿の血管から、ガイドワイヤーでドリルを心臓まで送り込み、手元の「アドバンサー」で、毎分十八万回転のダイヤモンドドリルを操作する。石灰化したプラークは、石のように硬く、粉砕して削り取るには神業的な技術を駆使しなければならない。〇・一ミリの狂いが、血管を突き破りかねないからだ。

咳ひとつ許されない緊張のなかで、ロータブレターを操作しているのは、この治療の第一人者、矢崎逸郎《やさきいつろう》。四十二歳の若手ながら、抜群の技術と集中力を誇る名医だ。彼はレントゲン・モニターで血管の走行を確かめながら、慎重にダイヤモンドドリルを病変部に当てる。同時に足元のスイッチで、高速タービンを回転させる。

「十八万、十七万八千、五千、二千……、十秒です」

臨床工学技士が、ドリルの回転数と粉砕時間を読み上げる。回転数が下がるのは、粉砕に抵抗がかかるせいで、あまり下がると、ドリルがプラークに食い込んで抜けなくなる。また、粉砕時間が延びると、ドリルの熱が血管の壁にダメージを与える。

治療前の検査では、プラークは不均一に血管に付着していた。こういう場合、病変の薄い部分にドリルが当たると、血管が破裂する危険がある。心臓のカテーテル治療で、もっとも避けなければならない状況だ。

矢崎は全神経を手元に集中させ、闇の中で針に糸を通す慎重さで、粉砕を進める。

「十八万、十七万八千、六千、三千……」

「パルス（脈拍）四二。ブラディ（徐脈《じょみゃく》）です」

心電図を監視していた看護師が、脈拍の低下を知らせる。

「血圧は」

「一〇二の六〇です」

「アトロピン、二分の一アン（アンプル）、ショット（静脈注射）で」

粉砕の負担で脈拍や血圧が下がれば、薬を投与して心臓の回復を待たなければならない。矢崎はゴム手袋の手を止め、患者に声をかける。

「ちょっと脈が遅くなったので、少し休みます。気分は悪くないですか」

「はい。なんともありません」

首まで滅菌布に覆われた患者がうなずく。この治療は痛みがないので、麻酔はかけない。だから患者は意識がある。

「プラーク、かなり硬いみたいですね」

助手の医師が、緊張から逃れるようにつぶやいた。必ずしも成功するとはかぎらない治療の現場で、沈黙の重圧は耐え難いのだろう。

「パルス七二。ブラディ回復しました」

看護師の報告で、矢崎はふたたび操作を開始する。氷の女王のヒステリーのような甲高い唸りが、カテーテル治療室に響く。しかし、ドリルは思うように進まない。

「もう一度、狭窄部を見せて」

矢崎の指示で、レントゲン技師が造影剤を注入する。心臓の表面を走る冠動脈が、モニターに映る。

「もう少しですね」

助手の医師が気遣うように言う。しかし時間がかかりすぎだ。病変はただの石灰化だけなのだろうか。あまり慎重になると、いつまでも狭窄部を通過できない。かといって強引にやると、血管が破れてしまう。矢崎は厳しい目つきでドリルの位置を確認する。

(大丈夫……。血管は破裂しない……。ロータブレターは無事、狭窄部を通過する。だから……大丈夫)

頭の中に声がする。矢崎自身の声だ。しかし、自分が言っているのではない。耐え難いプレッシャーに、逃げ出したくなるのを無理やり引き留めるために、どこからともなく聞こえてくるのだ。

「よし。もう一度、スタート」

「十八万、十七万八千、四千、千……」

「もうちょっと、行くよ」

「十六万九千、八千……、五千……」

唸りが無気味な低音になる。スタッフらが息を呑《の》む。まだやるのか。スタッフの緊迫感が矢崎の背中を覆う。

そのとき、高速タービンの唸りがふいに高音に跳ね上がった。

「回転数、十八万に復帰」

「よし。通った」

矢崎が安堵《あんど》の息を大きく吐く。その場にいる全員の肩から力が抜けるのがわかる。あとは広げた部分に、ステントと呼ばれる網状の金属枠をはめれば治療は完了だ。

「それじゃ、ラストの造影を」

血流の状態を見ながら、ステントの位置を確認する。治療前に十パーセントほどしか流れていなかった狭窄部が、ほぼ百パーセント開通している。

矢崎が患者の頭側にまわって声をかける。

「終わりました。これでもう心筋梗塞の心配はありません」

「ありがとうございます。矢崎先生にお願いして、ほんとうによかったです」

患者が寝たまま首を持ち上げ、何度も頭を下げる。

矢崎は笑顔で応え、カテーテル治療室をあとにする。極度の緊張と疲労にめまいを覚えかけたとき、頭の中でまた声が聞こえた。

(あと三日……。それだけ待てば、土曜日になる)

世田谷医療センターの循環器内科病棟には、約四十人の患者が入院している。そのうち、九人が矢崎の担当だ。

この日は朝から外来診察のほか、患者への治療説明や医療機器メーカーとの打ち合わせが重なり、午後六時にロータブレター治療を終えたときにも、まだ病棟で診察をしていない患者が残っていた。

「今から回診、いいかな」

ナースステーションに声をかけ、主任看護師とともに病室に向かう。足取りは重いが、日に一度は患者の顔を見ずにはすませられない。まず大部屋に入り、狭心症の発作を薬で抑えている老人を診察する。

「今日は胸の発作はどうですか」

「起きてません」

「よかった。薬がうまく効いているようですね」

老人の胸に聴診器を当て、静かにうなずく。どんなに疲れていても、矢崎は患者の前では柔和な笑みを絶やさない。

「あとで看護師が点滴をしますから。じゃあ」

次の診察に行こうとすると、老人がすがるように矢崎を呼び止めた。

「先生、この右手はもう動かんのでしょうか」

循環器内科の患者でも、病んでいるのは心臓だけとはかぎらない。老人は脳梗塞の後遺症で、右半身が麻痺していた。立ち止まった矢崎に、老人は悔しそうに言い募る。

「なんとかもう一度、箸を持てるようになりたいんです。昨日、女房が刺身を持ってきたんですが、箸が使えないから、フォークで食わなきゃなんない。刺身をフォークで食ってもうまかねぇんです」

たしかにそうだろう。同情の表情を浮かべると、老人はさらに続ける。

「茶漬けだってそうです。あんなもの、スプーンで食ったってうまかねぇ。茶漬けはやっぱり箸でサラサラってやらなきゃ」

「そうですね」

「わたしはこの年で入れ歯が一本もないんです。だから、よけいにうまいもんを食いたいんです」

矢崎の呼吸がかすかに乱れる。目を伏せかけると、老人はいきなり左手で右の親指を突き出した。

「この爪を見てください。変なかっこうになっちまって、これじゃみっともなくて、人には見せられない。右足だって、この前まで歩けてたのに、ふらついてしょうがない。それに膝から下が冷たくって、氷水につけてるようなんですよ。靴下を何枚はいてもだめだし、使い捨てカイロは低温火傷《ていおんやけど》をするから使えないし……」

ロータブレター治療のあとは、神経が疲れ、患者の繰り言を聞かされるのは、正直つらい。しかし、医師としてこの老人にできることは、話を聞くことくらいしかない。だからいやな顔をせず、親身になって聞かなければならない。

「困りましたね。でも、右半身麻痺の人は、言語障害で言葉が不自由な人も多いんですよ。こうやってお話ができるのは、まだよかったじゃないですか」

なんとか励まそうとすると、老人は恨みがましく口元を歪めた。

「先生。病気になって何がつらいって、おまえはまだマシなほうだって言われることほど、つらいことはねぇんですよ」

「あ……。すみません」

矢崎は白衣の両手を伸ばし、一礼して老人のベッドを離れる。廊下に出てから、重苦しい吐息をつく。

次は不整脈で個室に入院している女性だ。ノックをして扉を開くと、見舞いに来ていた娘が慌ただしく立ち上がる。

「先生、今日は遅かったんですね。早く母を診てください」

きつすぎる香水に、主任看護師が顔をしかめる。娘はどこかの重役夫人で、いつもブランド物の服に身を固め、わがままな振る舞いも目立つ。しかし、彼女のいちばんの問題は、中途半端な医学知識を振りまわすことだ。

「母の食欲がないのは、この前の血液検査で、ＡＬＰが高かったからじゃありません？　ＡＬＰは胆汁の流れが悪いときに上がるのでしょう」

どうだとばかりに顔を近づけてくる。

「いや、ＡＬＰと食欲は関係ありませんよ」

「でも、γ《ガンマー》ＧＴＰだって上がってますわ。母はお酒を一滴も飲まないのに。ほかのデータが正常でも、肝臓が弱ってるってことはないんでしょうか」

食欲不振の原因は、肝臓ではなく、おそらく認知症のせいだ。しかし、娘はそれを頑として認めようとはしない。

「母がいただいているワーファリンは、血をさらさらにするお薬ですわね。今は二錠ですけど、二・五錠にしていただけませんか」

「どうしてです」

「母は以前、二・五錠のんでたことがあるんです。そのときとても元気だったので、半錠増やせば、また元気が出るのじゃないかと思って。母は血管が細いので、血がどろどろだと流れないんです。でも、あんまりワーファリンを増やすと、血尿が出るでしょう。だから、半錠増やすのがちょうどいいと思いまして」

「わかりました。じゃあ、二・五錠にしましょう」

「それから……」

まだあるのか。矢崎は脳に鉛の杭《くい》を打ち込まれるような気になる。

「母の顔つきがいつもとちがうんです。目に光がないというか。脱水じゃないかしら。お茶とか、十分に飲ませてもらってます？」

お茶は看護師の担当だとばかりに質問を振る。主任看護師は眉のあたりに険を浮かべて答える。

「水分補給は一日一五〇〇です」

「えー、それって飲ませすぎじゃないんですか。母はこんなに細いのに。先生、母の腎臓は大丈夫なんでしょうか」

「大丈夫ですよ。血液検査でも腎機能に異常はありません」

娘はさらに細々した症状を訴え、あれこれ心配し、母親の行く末に不安を募らせた。矢崎は忍耐強く耳を傾け、三十分近い診察をようやく終える。

ナースステーションにもどる途中で、主任看護師が不服げに言った。

「先生は優しすぎますよ。だから、あの娘さん、つけあがるんですよ」

「かもな。でも、みんな藁《わら》をもつかむ気持なんだよ」

穏やかな笑みを崩さない矢崎に、彼女は肩をすくめる。そして思い出したように声をひそめた。

「うちの部長、また泌尿器科ともめたんですよ。尿管結石の患者さんに、衝撃波の治療を頼んだんですけど、泌尿器科は、石が小さいから自然に出るのを待てばいいって言ったんです。なのに、部長はすぐやれってねじ込んで」

矢崎の口からため息が洩れる。他科ともめれば、困るのは自分たちだ。部長の尻ぬぐいは、副部長である矢崎がせざるを得ない。しかし泌尿器科の部長には、この前も似たような件で頭を下げたばかりだ。

「わかった。僕があとで謝っとくよ」

穏やかに応える矢崎に、主任看護師は半ばあきれたように言う。

「矢崎先生は立派ですね。威張らないし、患者さんには優しいし。お酒もタバコもやらないんでしょう。ストレスとか溜まらないんですか」

「溜まらないこともないけど」

あいまいに笑うと、それを見咎めた主任看護師が、矢崎に聞こえよがしにつぶやいた。

「その笑顔、なんだかすべてを達観してるみたいだな。でも、ほんとうに笑ってるのかしら」


病棟の診察を終えたあと、治療データを整理し、他院からの紹介状の返事を書き、翌日の外来を確認して、病院を出たのは午後十一時を過ぎていた。人気のない地下駐車場に下り、隅に停めたBMW540iに乗り込む。大排気量のエンジンが静かに唸る。ロータブレター治療の第一人者として、講演や執筆依頼の多い矢崎は、経済的には恵まれていた。

病院を出て環八通りを南へ下る。世田谷区上野毛《かみのげ》の自宅まで約十五分。自宅に着いて、ガレージに車を入れ、疲れた足取りで玄関の階段を上る。

「お帰りなさい」

帰宅を察した妻が出迎えてくれる。鞄《かばん》を渡し、居間に向かいながら訊ねる。

「今日は親父、どうだった」

「だめよ。あなたでないと、食べないみたい」

矢崎の父は三年前に脳出血で倒れ、矢崎が自宅に引き取っている。父も医師だが、母とはずいぶん前に離婚して、息子の矢崎しか面倒を見る者がいない。父は自分で食事ができないが、元医師だけあって誤飲を極度に恐れている。誤飲で肺炎になって死ぬのが怖いのだ。

「まだ起きてる?」

「たぶん」

矢崎は上着だけ脱いで、父の部屋に行った。灰色に濁った父の目が光る。

「お父さん。遅くなったけど、今からご飯、食べますか」

「今からぁご飯、食べます」

頼りないオウム返しは、言語障害のせいだ。父は右半身の麻痺で、言葉が出にくい。

矢崎はベッドを起こし、妻が用意したビーフシチューを口元に運んだ。一口目はすっと入るが、あとが続かない。肉もジャガイモも小さく刻んであるが、簡単には呑み込まない。急かすとよけい遅くなるので、じっと待つ。

「あなた、着替えくらいしたらどう。見てるだけで鬱陶しいわ」

廊下から妻の苛立った声がする。着替えもせずに介助をするのは、少しでも早く終わらせて、あとでゆっくりしたいからだ。逸《はや》る気持を抑えて、根気よくスプーンを運ぶ。

「どう。おいしいですか」

穏やかに笑いかけながら、父に訊ねる。ほんとうに笑っているのかと、主任看護師に言われた笑顔だ。不規則に口をうごめかしていた父が、顎の動きを止める。ようやく呑み込んでくれるのか。そう思った瞬間、父は口からシチューを吐き出した。

「あっ」

とっさに身を退《ひ》いたが、ワイシャツに大きな茶色いシミがついた。もう耐えられない。脂汗がこめかみに滲《にじ》んだとき、頭の中で声が聞こえた。

(耐えられないことは……ないだろう。まだがんばれる。だから……がんばれ)

矢崎はふきんで父の口元を拭いて、訊ねる。

「もういらないんですか」

父は口をへの字に曲げてうなずく。十分とは言えないが、今夜はもうこれでよしとしよう。食器を片づけかけたとき、呻《うめ》くような声が聞こえた。

「あ、あ、あれが、ほしい」

「あれって何ですか」

「あれ、あれ……、白い、あれ」

「それじゃわかりません」

また父の謎かけだ。

「うう、あれ、白くて、細い」

「糸ですか」

首を振る。

「じゃあ、紐?」

ちがう。矢崎は部屋を見まわす。わからない。

「それをどうするんです?」

「た、食べたい」

「うどんですか」

うどんは父の好物だ。しかし、首を振る。

「もっと……み、短い」

震える左手を口元に寄せ、指でVの字を作る。

「ああ、タバコか」

父がうなずいた。タバコを咥《くわ》えさせ、ライターをつける。「食べたい」は「吸いたい」のまちがいらしい。無表情にタバコを吸う父を、矢崎はじっと見つめる。

父を寝かせて、着替えをすませ、ダイニングに行くと、テーブルの向こうで妻が腕組みをしていた。目の前には中途半端に温められたシチューとご飯、ボウルいっぱいの野菜サラダ。

「この前言ってた塾のことだけど」

待ちかねたように妻が口を開く。小学校五年生の息子が、塾の授業についていけず、悩んでいるという話だ。よい大学に入るためにはよい高校、そこに入るにはよい中学、そこに入るにはよい塾と、妻には見えないレールが見えており、息子はそれをはずれることを許されない。しかし、塾のレベルが高く、息子はわからないことばかりやらされて、目が死んでいるという。このままでは引きこもりにならないか、妻はそれも心配なのだ。

「あの子、クラスのお荷物みたい」

「なら、もう少し楽な塾に替えたら」

「それじゃあ、城成《じようせい》に入れないのよ！」

妻の声が跳ね上がる。城成中学は「新々御三家」と呼ばれる進学校で、彼女はそれが栄冠への第一関門だと信じ込んでいる。息子自身は、塾をやめたい気持と、脱落したくない意地で、答えが出せないらしい。

「まだ起きてるのか」

「塾の宿題やってると思う」

壁の時計は、間もなく午前一時。

「ちょっと話をするよ」

妻に息子を呼びに行かせ、表面に膜の張ったシチューを口に運ぶ。呼吸が切迫し、喉を掻きむしりたくなる。

（これはおまえの……義務だ。投げ出すことは……、許されない）

「ほら、連れてきたわよ」

肥満して生白《なまっちろ》い皮膚の息子は、仏頂面で目を伏せている。矢崎は優しく微笑む。

「塾の勉強、むずかしいのか」

息子は答えない。妻が横から口を出す。

「国語が問題なの。算数はできるんだから、頭はいいはずよ、ね」

妻の励ましともプレッシャーともつかない言葉に、息子は石のように固まる。矢崎は自分の顔が分解しそうになるのを堪《こら》える。

「努力しても結果が出ないとつらいよな。でも、人生にはそういうことがよくある。塾は無理をして続けなくてもいいんじゃないか」

「だめよ。せっかくここまでがんばってきたのに。もう少しの我慢よ。ここを乗り越えたら、きっと成績も上がって」

焦《じ》れる妻を制して、矢崎は息子に向き合う。

「塾のことは、今すぐに答えを出さなくてもいいさ。よく考えて、自分で納得するまでやってみればいい。勉強がすべてじゃないよ。おまえにはおまえのいいところがあるんだから、もっと自信を持って、な」

うつむいたまま息子がうなずく。床に涙が散る。妻は不服そうだったが、さすがにこれ以上は言えないようだ。矢崎は息子の肩を叩いて、部屋へ送り返す。

息子がいなくなるや、妻が声を尖らせた。

「あなたは甘いわよ。今、気を抜いたらおしまいよ。病院からはもう少し早く帰ってこられないの。あなたが毎日勉強を見てくれれば、あの子だってもう少し……」

矢崎は表情を変えない。食事を続ける。食べないと妻がうるさい。矢崎は機械的に口に運び、無理やり呑み込む。どうせ、吐くか下すかだ。

「わたし、先に寝るわ」

妻はふいに立ち上がり、さっさと二階の寝室に引き揚げた。矢崎が寝るのは、父の部屋のとなりだ。

夜中、案の定、下腹によじれるような痛みが走った。ふとんから這い出て、トイレに座る。出そうで出ない。しぶり腹だ。苦しい。脂汗が流れる。それでも、矢崎の顔から笑みは消えない。家でも病院でも、それは決して剝がれない。

あまりの苦痛に、矢崎は微笑みながら気を失いそうになる。

これは浣腸などというものではない。拷問だ。

超極太の浣腸器で、四〇〇ミリリットルものグリセリンを注入されれば、直腸のみならず、大腸全体が蛇のように蠕動《ぜんどう》し、中身を排泄《はいせつ》しようとのたうちまわる。いくら女が若くても、それを耐えるのは並大抵ではないはずだ。

暗いステージでスポットライトを浴び、女は全裸で、卍《まんじ》の形に吊されていた。垂れた髪と、左足首、腰、右肩の三カ所に結わえられたロープが、自然と女の身体をその形にしている。女は局部を隠そうと、宙に浮いた右脚を必死に閉じようとする。その動きが腹圧を高め、排泄の欲求を耐えがたいものにする。

「あ。あ。もう……ダメ」

「まだだよ！」

網タイツの女王が一喝する。黒い仮面にスパルタ・コスチューム、尖ったハイヒール。短い鞭《むち》で女の尻を打つ。

「今、排泄したら、おまえの汚物が、お客様にかかるじゃないか」

「なら、トイレに行かせて……ください」

「だめだよ、このメス豚」

「ああっ」

女が下腹を波打たせ、右脚を下ろして股間を開く。あられもない姿。これは演技じゃないと、矢崎は思う。あれだけのグリセリンを注入されているのだ。女は歯を食いしばり、切なげに眉を寄せ、必死に排泄反応に耐えている。

「さあ、お客様におまえの恥ずかしいところを見てもらうんだ」

ロープを掛けた滑車がゆっくりと回転する。艶《つや》やかな髪にライトが反射する。女の身体が、毒液を浴びたミミズのようにくねる。女王に哀願する。

「お願い、です。許して、ください」

その喘ぎ、切ない身悶《みもだ》え、実際に感じているであろう下腹部の苦痛。それを目《ま》の当たりにして、矢崎の背筋に快感が走り抜ける。

「あ、あっ、もう……ほんとに」

女が幼女のように首を振り、胴を震わせる。女王が合図を送ると、奴隷男が二人出てきて、洗面器と透明のアクリル板を設置した。女を下ろし、素早く両膝を外開きに抱きかかえる。女の腹に女王のハイヒールが食い込む。

「あーっ」

軟体動物を思わせる女の肛門が膨らみ、透明な液が一気に噴き出る。排泄のあとも、括約筋《かつやくきん》は緩んだままだ。直腸の粘膜が見える。強烈なライトを浴びたそれは、美しい珊《さん》瑚色《ごいろ》に濡れそぼち、生命の輝きを見せつける。矢崎の顔から、笑みが消えている。目が輝いている。

妻には、製薬会社のシンポジウムだと言って出てきた。土曜日の午後。会員制クラブ「ヴァリ」が、毎週のショーに使うアネックスは、もともとはエステの女王と呼ばれた女優が建てた豪邸だ。竣工《しゅんこう》後まもなく女優は死に、空き家になっていたのを「ヴァリ」のオーナーが買ったのだ。

客たちは半円形のステージの周囲に、女性を侍《はべ》らせて座っている。暗くてわかりにくいが、ここにいるのは、第一線で活躍する辣腕《らつわん》弁護士、世界的なデザイナー、売れっ子作詞家、出版社社長の類だ。客席には最高級のブランデー、キャビアやフォアグラのカナッペ、選《え》り抜きのフルーツなどが供される。アルコールを嗜《たしな》まない者には、シャテルドンのガス入りミネラルウォーター。

浣腸女が運び去られると、次は台座に立てた柱に、後ろ手のままワイヤーで縛られた女が登場した。女はスキンヘッドで、陰毛もない。ブルーのカラーコンタクトをつけ、猿ぐつわをはめられている。アラビアンナイトの魔神のような衣装を着た小人症の男が現れ、客席に向かって深々とお辞儀をする。手には長さ六十センチほどの金属棒。先端にはマイナスドライバーの先のような電極が二つ出ている。

低身長の男はエキゾチックな音楽に合わせて、奇妙な舞いをはじめる。金属棒を振りかざし、エナメル線を張ったボードに接触させる。鋭い舌打ちのような音がして、火花が飛ぶ。金属棒の先端には、三百ボルトほどの電圧がかかっているようだ。

ステージの左から、銅線を巻きつけたパイプと、ドーナツ型のコイルを組み合わせた器械が運ばれてくる。前にはなかったパフォーマンスだ。男は金属棒を魔法の杖のように振り上げ、ドーナツコイルに近づける。無気味な放電音とともに、樹枝状の稲妻が走った。女の恐怖をそそるための演出だなと、矢崎は思う。電光に照らされた女の表情が、いい。

男が背伸びをして、柱に縛られた女の顔に金属棒を近づける。女は逃げ場を失った小動物のように怯える。金属棒が顎に触れる。

「うぐーっ、う、ううぅ」

猿ぐつわの口から叫びが洩れる。女の目が焦点を失い、飛び出しそうに見開かれる。感電の痛みはどれくらいか。

小人症の男が腕を振り上げ、オーケストラの指揮者さながらに金属棒を女の首筋に当てる。ふたたび悲鳴。続いて鎖骨、肩へと感電の場所をずらす。金属棒を乳房に当てると、豊かな膨らみは帯電して左右に張り、乳頭は飛び出さんばかりに屹立《きつりつ》する。矢崎は女を凝視しながら、自らも電撃の幻覚に浸る。

男は半身をくねらせ、金属棒を女のヘソに当てた。女の腹筋が収縮し、白い皮膚が波打つ。金属棒はそのまま徐々に下腹を移動し、白桃のような恥丘へと下ろされる。女はうめき、必死に身をよじる。しかし、動けばワイヤーが食い込み、皮膚が裂けそうになる。

男は金属棒を太腿の内側に差し込み、電極でつんつんと脚を開かせる。膝にワイヤーをかけ、持ち上げる。開かれた股間に、金属棒が接近する。電極が膣前庭《ちつぜんてい》に押しつけられると、女は身体をエビ反りにして失神した。男は、神妙な顔でゆっくり舞い、また深々とお辞儀をする。

感電ショーの次は、少女のクローズアップ・オナニーだった。矢崎を「ヴァリ」に紹介してくれた医療機器メーカーが、おそらく協力したのだろう。透明プラスチックのバイブレーターに、医療用の小型カメラを仕掛け、少女の膣を内側から見せてくれる。

一人掛けのソファに座っているのは、黒ずくめの「不思議の国のアリス」のようなゴスロリ少女。白塗りの顔に緋色《ひいろ》の口紅を引き、銀色の髪をカールさせている。少女はパニエで膨らんだスカートを客に向かって広げ、その中心部を露出する。

うしろの大型モニターに、バイブレーターからの映像が映し出される。薄い恥毛に覆われた膨らみが指で押し広げられ、その間に紡錘形の性器が露出する。複雑な襞《ひだ》と粘膜のくぼみ。小さなV字形に切れ込んだ尿道口の周囲には、年輪状の粘膜が盛り上がり、その下には揺れ動くオーロラを思わせる薄い襞が膣口を縁取っている。

樺色《かばいろ》の包皮にくるまれたクリトリスに、バイブレーターが押しつけられると、粘膜は激しく震え、充血し、膨張する。やがて包皮から、涙形の突起が隆起してくる。それは振動の刺激をいやがるように右へ左へ動き、ますます先端を尖らせる。周辺の粘膜が潤い、瀕死の兎《うさぎ》のように喘ぐ。

やがて少女の膣口から、コンデンスミルクのような濃厚な粘液が流れ出す。少女がゆっくりバイブレーターを挿入すると、粘膜のピンクと粘液の白が、なんとも言えないまろやかな色調を作り出す。プラスチックの上を複雑な粘膜が這うように滑る。レンズは襞の多い膣前壁を捉えているなと矢崎は思う。

少女はバイブレーションのスピードを上げる。息づかいが速まり、喘ぎ声が洩れる。自らの性器内を拡大したモニターの前で、少女は快感に悶え、腰をくねらせる。

少女の興奮とともに、粘液の量が増える。バイブレーターが奥へ進むと、粘膜の扉が開くように、ポルチオ（子宮膣部）が姿を現す。出産を経験していない少女のポルチオは、白っぽいオレンジ色で、中央の子宮口は熱帯のイソギンチャクのように愛らしい。周辺の粘膜が微細に震え、少女がエクスタシーに到達しはじめているのがわかる。客席にも興奮が伝わり、何人かが薄闇の中で怪しげな動きをはじめる。

「あっ、……あぁ」

絶頂に達した少女が短く叫ぶ。粘膜が収縮し、ポルチオが膨らむ。あたかも見えない精液を吸い込もうとするかのように、子宮口が開いたり閉じたりする。モニターの前の少女は自慰の快感に浸り、白眼を剝いている。

客席では客たちが思い思いに動きだす。これ見よがしに激しいフェラチオをさせている者、女装して女性の下着に顔を埋《うず》めている者、全裸で首輪をはめられ、四つん這いで女性を背中に乗せている者。ショーを見ながら最低の自分をさらけ出し、カタルシスを得る客も多い。

しかし、矢崎はそこまでできない。

リクエストのメモ書きをボーイに渡し、二階へと上がった。二階には八つの個室がしつらえてある。矢崎が入ったのは、壁に鉄平石《てつぺいせき》を張り、天井に滑車を取りつけた「吊し部屋」。机には七ミリタイプの麻縄と蜜蠟《みつろう》、刃渡り十八センチの裁ち鋏《たちばさみ》が用意されている。

上着を脱いで椅子の背に掛け、ネクタイをはずしているとノックが聞こえた。矢崎は黙って扉を開く。髪をグリーンと金色に染めた女が、ミニドレス姿で立っている。

「今日は呼んでくださって、どうも……」

矢崎は無言で首を振り、女を室内に引き入れる。椅子に座り、顎で服を脱ぐように指示する。女は戸惑いの表情を浮かべつつ、ドレスを脱ぐ。キャミソールも脱ぎ、ブラに手をかけ、「これも、ですか」と訊ねる。

矢崎は目に怒りを浮かべ、無言で急かす。女はおずおずと全裸になる。矢崎は麻縄を取り、女の両手首に8の字に縄をかける。両手を四重に縛り、足首も同様に縛る。女の自由を奪ってから、矢崎はゴム球の猿ぐつわをかませ、その上にガムテープを貼りつける。

女が恐怖の目線を向けると、矢崎はいきなり女をベッドに突き飛ばした。両手を頭の後ろに持ち上げさせ、縄を思い切り引っ張って、足首にかける。女はブリッジのように身体を反らされ、猿ぐつわ越しにこもった悲鳴を上げる。矢崎は女を逆エビの不完全なリング状にして、手首と足首をぐるぐるに縛り上げる。必死に顔を持ち上げる女の髪をつかみ、その耳元で怒鳴る。

「おまえなんか、死ね！」

髪をつかんだままベッドに押しつけ、激しく揺さぶる。

「この馬鹿女。厚かましい強欲なメス豚。愚かな俗物。身勝手な愚痴女。要求ばっかりしやがって。おまえなんかだれも見向きもしない。虫ケラ同然に死ねばいいんだ！」

声に激しい憎悪がこもっている。女は苦しい体勢で喘ぎ、目に涙をにじませる。矢崎は新しい縄を取り、蜜蠟を塗って女の胸に巻きつける。

「おまえは、低能な落ちこぼれのクズだ。うらなりの肥満児め。おまえなんか生きる資格はない。おまえは最低だ。可能性はない。人生をあきらめろ！」

上下から縛《いまし》められた乳房は、縄の圧迫で膨らみを増す。

「この死に損ないめ、さっさとくたばれ。おまえは自分でメシも食えないくせに、あれこれほしがり、まともにしゃべることもできない。邪魔だ。目障りだ。鬱陶しい。おまえには反吐《へど》が出る。誤飲でもして肺炎になって、さっさと死ね！」

　矢崎は女の首に縄をまわし、胸の上下の縄にかけて引き絞る。眼鏡状になった縄が圧力を増し、乳房が光沢を持つほど張り詰める。

「何もわからないくせに、知ったかぶりをするな。ブランド狂いの糞女《くそおんな》。おまえの香水の臭さには吐き気がする。おまえの母親はボケて何もわからない。何をやっても無駄だ」

　矢崎はさらに女の腹に縄を巻き、尻を迂回して股間に通す。その縄を肩に引き上げ、二重にして思い切り左右から引く。縒《よ》りの詰まった縄が陰部に食い込む。

「おまえの手など動くものか。おまえは愚かで、欲張りで、あさましくて、卑怯な弱虫で、惨めで、誇りのかけらもないクズだ。いじましくて、厚かましくて、要求ばかりする。おまえなんかあとは死ぬだけだ。さっさと死ね」

　女が苦しげなうめき声を洩らす。それでも矢崎の罵倒は止《や》まない。

「おまえはわかっているのか。おれがどれほど我慢して、どれほど自分を抑えているか。どれだけ神経をすり減らし、息を詰め、細心の注意を払っているのか。おれはおまえなど助けたくはない。おまえには何の価値もない。おまえが死んでもだれも困らない。そんなヤツのために、どうしておれが苦労しなければならない。おまえなんか死ねばいい。

おまえの心臓など破裂すればいい。おれはおまえの心臓を突き破りたい。血管をずたずたにして、大出血を起こして、おまえをあの世に送りたい。一瞬ですべてを破壊したい。心臓を引き裂き、放水車みたいな出血をさせたら、どんなに気持がいいだろう。おまえはゴミだ。おまえの心臓などめちゃくちゃにしてやる。死ね、死ね、死ね、みんな死ね！　死んで、消えてなくなれ！」

矢崎は自分の言葉に興奮し、女の太腿や膝に縄を巻き続ける。女の身体が隈《くま》なく縄目に覆われると、矢崎は手首と足首を縛った縄の間に四本束ねた縄を通し、それを天井の滑車にかけた。端を巻き車に固定し、ハンドルをまわす。女の身体が持ち上がり、ヘソを下に逆エビの形で吊される。目の高さまで上がると、矢崎はハンドルを固定し、椅子に座って女を下から眺めた。女が苦しげに首を振り、猿ぐつわ越しに切なく喘ぐ。しかし、矢崎の身体には何の変化も生じない。股間は萎《な》えたままだ。ただ、重い疲労感が漂っている。

矢崎は立ち上がり、裁ち鋏を手に取る。女に近づき、滑車に吊した縄に裁ち鋏の刃を当てる。女の顔が恐怖に歪む。この高さから落ちればただではすまない。刃をゆっくり動かすと、麻縄がほつれ、一本が切れる。同時に女の身体が、五センチほど下がる。女のくぐもった悲鳴。さらに矢崎は裁ち鋏の刃を動かす。

それでもやはり、矢崎の身体には何の変化も生じない。

プレイが終わったあと、出口で「ヴァリ」のオーナーがにこやかに微笑んだ。

「矢崎様。本日はいかがでしたでしょうか」

「ああ、よかった」

「それはどうも」

ていねいな会釈のあと、矢崎を気遣うように斜めに見上げる。

「でも、もし万一、十分にご満足いただけていないようでしたら、どうぞ遠慮なくおっしゃってくださいませ。わたくしどもは、お客様のご満足が第一ですので」

おそらく、女から報告を受けているのだろう。矢崎が口ごもると、オーナーは満面の笑みで続けた。

「当店では、みなさまにカタルシスを得ていただくことが、何よりのサービスと心得ております。矢崎様にもご満足いただけますよう、わたくしどものほうでもまた、いろいろ考えさせていただきますので」

オーナーの顔に、作り物のような笑みが膨らむ。

「じゃあ、楽しみにしているよ」

矢崎は全身に重い痺れを引きずったまま、裏の出口へと向かう。

「人が一人死んでるんだぞ。何だ、その言い方は！」

黄色い顔の中年男が、声を荒らげた。長時間の糾弾に疲れ果てた医長が、遺族の質問につい、「そこまではわかりません」と口を滑らせたせいだ。

「そうよ。あんまり無責任よ。そんな説明じゃ、あの人は浮かばれない」

亡くなった患者の妻が両手で顔を覆う。

二カ月前、医長が行ったロータブレター治療で、五十六歳の患者が死んだ。矢崎は指導を兼ねて助手についていた。右冠動脈の狭窄で、プラークの粉砕には成功したが、ステントを留置するときに血管が裂けて、大出血が起こったのだ。すぐに手術室に運んだが、救命することはできなかった。血管の破裂は二・二センチ。治療前の検査では捉えきれない亀裂があったのだ。

「はじめの説明では、安全だって聞いてたんだろ」

患者の従弟だという黄色い顔の中年男が、患者の妻に確認する。

「そうよ。先生は救命率は九十五パーセントだって言ったのよ。そう聞けば、だれだって安全だって思うじゃない」

それはちがう、と矢崎は思う。救命率九十五パーセントというのは、死亡率五パーセントということで、それは二十人に一人が死ぬということだ。治療中には予測のつかない事態もあり、緊急手術をしても助からないこともある。事前にそうはっきりと説明したはずだ。しかし、今さらそんなことを言っても、遺族を納得させることはできない。

応対はすでに二時間を超えていた。黄色い顔の従弟は今回がはじめての来院で、医長は治療から死亡までの経過をまた一から説明させられた。

「ですから、何度も申し上げました通り、ロータブレターで狭窄部を削るところまでは順調だったのです。ダイヤモンドドリルが血管を傷つけたのではありません。それは造影写真を見ていただければ明らかです」

「明らかって、どこが明らかなんだよ。ぜんぜんわかんねぇよ。あんたら、こっちが素人だと思って、バカにしてんじゃないか」

「いえ。そんなことは決して」

「もっと、誠意をもって説明したらどうなんだ。え、そっちの先生もよぉ、黙ってないで」

男に迫られ、矢崎は深々と頭《こうべ》を垂れる。

「申し訳ありません」

それ以上、何も言えない。詳しい説明をすれば、そんなむずかしい話はわからないとなじられ、かみ砕いて話しても、それじゃ説明になってないと責められ、何か隠してるんだろう、ミスがあったんだろう、白状しろと、感情的な反応が出るばかりだった。

「あんたらそれでも医者か。患者の命を何だと思ってるんだ。こっちは裁判も考えてるんだ」

　お願いだから裁判にしてくれ、と矢崎は願う。裁判になれば弁護士が矢面に立ち、裁判所が冷静に審理を進めてくれる。そうなればこちらに落ち度がないことは明らかになる。しかし、遺族は裁判をちらつかせるばかりで、いっこうに動こうとしない。まるで医師を難詰することで、自分たちの悲しみを癒そうとしているかのようだ。

　男の非難は延々と続く。

「えらそうにふんぞり返って、いい加減な治療やりやがって。なんでこんなことになるんだ。あんたらにおれたちの気持がわかるのか。どれだけ悲しいか。どれだけ悔しいか。おれは許さねぇ。ぜったいに許さねぇ」

　矢崎の頭で、また声がする。

（逃げ出すな……。それが務めだ。遺族の悲しみを思いやれ。それが……役目だ）

　病棟にもどると、待ちかねたように患者が次々と矢崎に訴える。

「先生。もうこの膝は治らないんでしょうか。ええ、こけたのは二年前です。でも今も痛いんです。整形外科には診てもらいました。もう年だから手術もできないって。もうすぐ法事があるんで、正座ができないと困るんです。意地悪な嫁が目を光らせてるから……」

「湿疹ができてかゆいんです。ステロイドを塗ると、よけいにかゆくなるんです。これは経験上わかってることです。飲み薬ですか、効きません。乾燥肌じゃないですよ。風呂上がりにかゆいんですから」

「ウオノメが痛いんです。この痛みは人にはわからないでしょうね。削ってもだめなんです。薬はベタベタするでしょ。あれが気持悪くって。なんとかなりませんかね」

「どう考えたっておかしいんですよ。心臓なんか今まで一度も悪くなったことがなかったんですから。年のせいだって言うけど、おかしいじゃないですか。毎日野菜ジュースも飲んでたんですよ。ピーマンまで入れて。わたしはね、めったなことじゃ弱音を吐かない人間です。でもね、こうつらくっちゃたまらない。自分でもよく耐えてると思いますよ」

「寝るときはブラジャーは取ったほうがいいんですか。はずして寝るほうが寝やすいんだけど、取ると朝にまたつけるのが一苦労で。パーキンソンで指が動かないでしょう。いくら七十八歳といっても、きちっとしていたいんですよ」

耳鳴り、便秘、動悸、息切れ、鼻水、不眠、外反母趾《がいはんぼし》……。患者の話にじっくり耳を傾ける矢崎には、あらゆる不定愁訴《ふていしゅうそ》が持ち込まれる。それが吐き出された大量のヘドロのように、矢崎の神経にへばりつく。

「矢崎君、すまんねぇ。よろしく頼むよ」

大学の教授から頼まれた緊急のロータブレター治療。患者は社会福祉法人の理事長だ。矢崎のロータブレター治療の予約待ちは、通常、二カ月である。なのにこの理事長は、教授のコネを使って一週間でやれという。いやしくも社会福祉法人のトップを務める者が、そんなルール無視をしていいのか。

患者の容態悪化による緊急治療なら、真夜中でも当直明けでも喜んでやる。しかし、権力をかさに着たごり押しには、耐えがたい苦痛を感じる。順番待ちをしているほかの患者に、どう申し開きすればいいのか。

「十八万。十七万八千、六千、三千……。十秒です」

臨床工学技士がいつも通り、回転数と時間を読み上げる。コネの患者の治療は、不思議とうまくいきにくい。患者のエゴが医師に不吉な暗示をかけるのか。贅沢太り《ぜいたくぶと》の理事長。冠動脈の狭窄は、左回旋枝の七十五パーセントで、こんなもの、急いで治療する必要はまったくない。

「十八万。十七万八千、五千、三千……」

「通りました」

楽勝だ。よけいな治療をさせやがって。そう思ったとき、いやな予感が頭をかすめた。

「造影、頼む」

回旋枝の先に二本あるはずの動脈が一本しか映らない。

「15番、ノーフローです」

レントゲン技師の声が緊張する。ロータブレーターで粉砕した削りかすは、通常、赤血球より細かく、血管に詰まる心配はない。しかし、強引な粉砕をやると、たまに大きい破片が剝がれ、先の血管に詰まる。それで血が流れなくなるのがノーフローだ。15番は心臓の後面を支配するから、血流が止まれば後壁梗塞《こうへきこうそく》を引き起こす。

「う、うぅ」

患者がかすかにうめく。

「どうしました」

「なんだか、胸が重苦しい」

「おい。生食《せいしょく》フラッシュ。シグマートを追加して」

助手の医師に、冠動脈拡張剤を混ぜた生理食塩水の注入を指示する。

「造影」

「ノーフロー、解除しません」

「貸してみろ」

矢崎は生食のシリンジを奪い取り、はずみをつけてピストンを押す。再度、造影。しかし、血は流れない。教授の紹介患者に万一のことがあれば。いや、教授の紹介でなくても、患者の死は許されない。しかもミスの原因が、ごり押し患者への反感だとすれば。

矢崎の腋に凍りつくような汗が流れる。

「ニプライド追加。ワソランも五ミリ入れて。酸素流量六リットルに。心電図、STチェック！」

矢崎は矢継ぎ早に指示を出し、指先に意識を集中する。祈る気持でピストンを押す。詰まったプラークを押し流すイメージ。いったん力を抜き、直後に加圧、詰まったプラークが、急激な圧力の変化で向きを変えるイメージ。頼む、通ってくれ。そう念じた瞬間、ピストンの抵抗がすっと抜けた。

「もう一度、造影」

「15番流れました。ノーフロー解除」

矢崎は詰めていた息を大きく吐き出す。生きた心地がしない。胸が破裂しそうだ。耐えがたい緊張と怒り。

無事に治療を終え、疲労困憊して更衣室にもどる。

（どの患者……にも親切に……それが、おまえの……役目……義務。それが、おまえの……それが、それが……）

壊れたテープのような声が響く。耳をふさぐ。ロッカーの反対側に逃げる。それでも声は追ってくる。

「やかましい！」

幻聴に怒鳴り返し、ゴミ箱を激しく蹴《け》り上げた。脱衣袋を突き飛ばす。ロッカーに拳を打ちつけ、そのまま崩れるように座り込んだ。酸欠状態のように胸を掻きむしる。耐えられない。我慢できない。もう限界だ。

「ヴァリ」のオーナーが用意してくれたのはこれかと、矢崎はすぐに思い当たった。

いくつかの出し物のあと、登場した少女は、全身を黒い繻子《しゅす》のマントで包み、革張りの丸テーブルに載せられていた。ショートカットの黒髪を撫《な》でつけ、深紅の口紅をつけている。眉は鋭い弓状。濃いシャドーに縁取られた半眼は、頽廃的《たいはいてき》な流し目。顔を見ればまだ十代のはずなのに、目だけはベテラン娼婦《しょうふ》のようだった。

少女の全身は、一見してあり得ないフォルムだった。顔はふつうなのに、身体はおくるみに包まれた赤ん坊のように小さい。ひとことで言えば歪《いびつ》。

テーブルの横には、仮面をかぶったアコーディオン弾きが座り、哀愁に満ちた曲を途切れそうなテンポで奏でる。スポットライトに照らされ、少女は低く歌いだす。

〽もし、わたしに手足があったら、盗みを働くでしょう

もし、わたしに手足があったら、老人を足蹴にするでしょう

もし、わたしに手足があったら、子どもを打《ぶ》つでしょう

もし、わたしに手足があったら、芋虫を踏みつぶすでしょう

少女は歌うともつぶやくともつかず、奇妙な歌詞を繰り出す。間奏の合間に、口で紐を解《ほど》き、ゆっくりとマントを取る。下にはシルクのブラウスと黒のタイトスカートを着ている。しかし、ブラウスの両袖《りょうそで》は空虚で、スカートの裾からも何も出ていない。少女には両腕両脚がなかった。矢崎はその全身に思わず見惚れる。

〽人生……

何を望んでも

何を失っても

これが、わたしの人生……

少女は首を伸ばし、客に軽蔑の眼差しを送る。唇を歪めて嗤う。口でブラウスをたぐり、歯で器用にボタンをはずす。ブラウスの前を開き、少女らしい胸を見せる。

〽もし、わたしに手足があったら、きっとだれかを踏みつける

もし、わたしに手足があったら、狂ったように男を漁《あさ》る

もし、わたしに手足があったら、奴隷に足を舐《な》めさせる

もし、わたしに手足があったら、きっとだれかの首を絞める

アコーディオンが激しくビブラートし、切なさを増す。どん底に落ちていくような旋律。少女はなまめかしく身体をくねらせ、タイトスカートをずりおろす。下着をつけな

い下半身が露出する。太腿の場所には、尻から続く半球状の肉の盛り上がりが二つ。

少女は上半身を屈め、テーブルに置いた手箱を口で開け、バイブレーターを取り出す。それを顎と肩にはさみ、器用に回転させてスイッチを入れる。振動するバイブレーターをタオルに載せ、蚕《かいこ》のように身をくねらせてそれを跨《また》ぐ。少女の陰部がちょうどバイブレーターに当たる。少女はアコーディオンの伴奏に合わせて、腰を揺すり、身体を反らせる。少女の肩からブラウスが落ちる。顔と胴体だけの少女の全身が露わになる。赤い陰毛が渦巻くように皮膚を覆っている。染めているのか、天然か。少女は肩甲骨を開いたり閉じたりして、羽をちぎられた蝶のように胸を震わす。振動するバイブレーターが、少女の股間に食い込み、脈動する。

「あ……、あっ」

少女が喘いだとき、唇の隙間から小粒の歯が見えた。歯の隙間に、透明な唾液《だえき》が糸を引いている。矢崎は震えるほど興奮し、全身をわななかせる。


「お気に召したようで、何よりです」

オーナーはにこやかな笑みを浮かべて、小首を傾げた。すっかり落ち着きを失った矢崎に、焦らすように言う。

「久良々《くらら》を個室に呼ぶには、条件があるんです。たいしたことじゃありません。矢崎様にもきっとご満足いただけると思います」

二階の部屋に入ると、世話人が黒いラバーの拘束衣を持ってきた。

「これをつけろというのか」

言われるまま服を脱ぎ、窮屈な拘束衣に足を入れる。両脚はアザラシのように一本になっている。両手を身体の脇《わき》にそろえると、世話人は背中のチャックを一気に引き上げた。腕の自由はきかず、脚も動かせない。これでは少女が来ても何もできないではないか。矢崎は苛立ちと疑念に駆られる。ゴムの圧迫が、身体に淫靡《いんび》なむずがゆさを感じさせる。

ベッドの横に立たされ、待つように言われた。しばらくして世話人が扉を開け、少女が電動の車椅子で入ってくる。絹らしい紫色の襦袢《じゅばん》に、同じ光沢のある深紅の紐を締めている。扉が閉まると、少女は肩でレバーを操作してゆっくりと近づいてきた。

「久良々です。よろしく」

少女は斜めから矢崎を見上げ、嘲るような笑みを浮かべた。矢崎は怒気のこもる声で訊ねる。

「どうしてこんなものを着せる」

「気持いいからよ」

「君は、客にこんな格好をさせて気持いいのか」

「あたしじゃないわ。あなたよ」

「どういうことだ」

矢崎は眉をひそめ、身体を動かそうともがく。拘束衣は特殊な素材なのか、徐々に身体を締めつける。

「あんまり動かないほうがいいわよ。そのラバー、動けば動くほど身体に密着するから」

そのひとことで、よけいに身体が強ばる。

「君の手足は、どうしたんだ」

「生まれつきよ。先天的に腕も脚もないの」

「しかし、手術した痕《あと》があったじゃないか」

ショーのとき、太腿の場所にある半球状の肉塊《にくかい》に、うっすらと縫合の痕が見えた。

「形を整えてもらったの。余分な肉は醜いから。それに、このほうが脚の取れた人形みたいで、あそこもよく見えるでしょう」

「不便じゃないのか」

「大丈夫。口と顎と肩を使えば、たいていのことはできる。タバコだって吸えるわ」

久良々は車椅子の手すりに下げたポシェットから、タバコとマッチを口で取り出した。顎でマッチ箱を固定し、唇でマッチを擦る。火のついたマッチを手すりに置き、タバコを咥えなおして火をつける。うまそうに吸い、唇を歪めて矢崎に煙を吹きかける。

「すごいな」

「プリンス・ランディアン仕込みよ」

「だれ？　それ」

「アメリカで異彩を放った偉大な〝生けるトルソ〟」

そう言うと、久良々は首のひと振りで机の灰皿にタバコを投げ入れた。

「君はそんなことをして、恥ずかしくないのか」

「あははは。だってあたしには、これしかないもの」

少女は甲高く笑い、不穏な目で矢崎を見上げた。瞳に頽廃と苛立ちの火花が閃《ひらめ》く。

「あたしはこの世界でやっといい生活を手に入れたの。だれに文句を言われる筋合いもないわ。清く正しく惨めな生活より、ずっと快適よ。ふふふ」

妖《あや》しく笑うと、久良々は突然、車椅子を動かして矢崎をベッドに押し倒した。座席からベッドに飛び移り、胴体だけの身体をくねらせて矢崎の耳元に這い寄る。

「久良々とプレイしたいなら、まず、久良々をいい気持にさせなさい」

彼女は口で紐を解き、襦袢の前をはだけた。下に何もつけていない。身体を起こして肩を突き出し、肩越しに矢崎を見下ろす。

「さあ、早く」

「どうやって」

「そんなこともわからないの。だめね」

久良々は太腿の肉球を使って、矢崎の胸の上に乗る。信じられないほど素早い動きだ。仰向けのまま身体を斜めに立て、陰部を矢崎の口元に押しつける。

「ほら、舐めなさい」

矢崎は戸惑いながら舌を出す。

「そんなんじゃ感じない。もっと上手に、激しくやりなさい」

矢崎は首を持ち上げ、精いっぱい舌を伸ばす。久良々が罵声を浴びせる。

「舌しか使えないの。ほかにもあるでしょ。この能なし！　芋虫！」

ヒステリックな声が耳に突き刺さる。矢崎は必死に久良々の陰部に吸いつく。唇をめくり、粘膜を密着させ、クリトリスをそっと噛む。

「歯を立てるな。馬鹿野郎！」

太腿の肉球が矢崎の頬を蹴る。矢崎は首をすくめ、それでも懸命に舌を伸ばす。目の前に赤い陰毛が渦巻いている。染めたんじゃない。毛根から赤い。

久良々は陰部を矢崎の顔の上に移動させ、押しつける。濡れた粘膜が密着し、鼻と口がふさがれる。息ができない。矢崎は必死で顔を動かすが、久良々の肉球が頬を挟んで離れない。窒息しそうになり、腹が波打つ。冷や汗が出る。脳がよじれる。自由が利かない。後頭部でオレンジと紫の火花が散る。

ブラックアウト寸前に、久良々が身体をずらし、矢崎は大きく息を吸い込み喘いだ。

「もうお終《しま》い？　だめね。ぜんぜんだめ。もっと激しく、もっときつくやって」

矢崎は無我夢中で愛撫《あいぶ》を続ける。久良々の愛液と自分の唾液で、矢崎の顔は蜂蜜まみれのアイスクリームのようになる。

「あんたって、ほんとうに馬鹿みたい」

久良々は身体を反転させ、矢崎の股間に這い寄る。拘束衣の下腹部にある楕円形《だえんけい》のチャックを口で開く。勃起《ぼっき》したペニスが飛び出す。

「何、これ。サカリのついた犬みたい。メス犬に嫌われて、だれも相手にしてくれない疥癬病《かいせんや》みの野良犬！」

矢崎はそれまでにない肉体の変化に我を忘れる。腰を突き上げて久良々を求める。身体をよじると、拘束衣はますます締めつけ、露出したペニスだけがさらに怒張する。

「何をしてほしいの。この変態。恥ずかしいのはおまえのほうだろ」

久良々は蔑むように言い、矢崎から離れる。壁際に逃げ、身体を起こす。

「悔しかったら、捕まえてみな」

矢崎は不自由な全身で身体をくねらせ、襲いかかる。久良々は身をかわし、甲高い声で笑う。矢崎はベッドを這いながら、逃げる久良々を追いかける。

「こっちよ。ふふふ」

久良々は矢崎を挑発し、身体を反転させる。手足がないとは思えないほど自由な動きだ。矢崎は怒りの形相で久良々に向かい、襦袢の裾に食らいつく。それを振り切り、久良々は車椅子に乗り移る。

「まだこっちに逃げられる」

肩でレバーを操作して、素早く後退させる。電動で座席を下げ、床の上に逃げる。矢崎は顔から床に這い下りる。蛇のように久良々を追う。露出した股間が絨毯《じゆうたん》にこすりつけられ、ますます興奮を誘う。

「こっちこっち。とろいのね。そんなんじゃ捕まらないわ」

久良々は車椅子をまわり込む。矢崎は歯を食いしばって追いかける。久良々はジグザグに逃げ、右へ行くと見せて左に避《よ》ける。ガラステーブルの向こうへ逃げ、ゴミ箱を倒して道をふさぐ。矢崎は夢中で突進し、頭でそれをはね飛ばす。

「何やってるの。みっともない蛇男。恥知らずの人間ミノムシ」

矢崎は歯を食いしばり、久良々に迫る。拘束衣のままのしかかり、久良々の全身に激しい接吻をする。

「やめてよ。変態男。吸いつくしか能のないヒル人間。できそこないの不能者」

久良々は矢崎から逃れ、襦袢の紐を口に咥える。それを素早く矢崎の首に巻きつける。

紐の両端を車椅子のホイールに絡め、自分は座席に飛び乗り、車椅子をバックさせる。矢崎は仰向けに倒れる。紐がホイールに巻き上げられ、上体が持ち上がる。矢崎は首を絞められ、激しく喘ぐ。露出したペニスは、鋼が入ったかのように屹立している。車椅子の上から、久良々が冷ややかに見下ろす。

「どう。気持いいでしょ。最高でしょ。もうすぐ、もっとよくなるわ」

苦痛に歪んでいた矢崎の目に、恍惚の光が射す。

(そうだ。もっとだ、もっと。この苦痛、この快感、この愉悦。すべてが消え去り、すべてが浄化される……)

「今日は具合はいかがですか」

循環器内科病棟で、矢崎が患者に優しく訊ねる。柔和な笑顔。患者がどれほど不定愁訴を並べても、矢崎は決して苛立ったようすを見せない。

「大丈夫。きっとよくなります。もう少しの辛抱ですよ」

患者を安心させる穏やかな声。かすかに汗ばんだ温かい手。

回診に付き添っていた主任看護師が、ふと気づいて言う。

「先生。白衣の襟、歪んでますよ」

「そう?」

矢崎は一瞬動きを止め、おもむろに襟を正す。そして、だれにともなく、暗闇に向けるような冷ややかな微笑を浮かべる。

# 嘘はキライ

1

外来診察が終わったのは、午後二時半だった。

水島道彦《みずしまみちひこ》は去年、内科医長に昇進したので、患者も相応に増え、午前の診察がいつもこれくらいまでかかる。診療椅子で一息入れていると、外来担当の看護師が来て、疑わしそうに聞いた。

「水島先生って、もしかして、嘘が見抜けるんですか」

「どうして」

「だって、さっきの患者さんが、先生はなんで俺の嘘がわかったんだろうって、首を傾げてましたから」

その患者は慢性膵炎で、禁酒が必要なのに家でちびちび飲んでいるようだった。「飲んでませんか」と聞くと、「一滴も」と答えたので、「嘘はいけませんよ」とたしなめたのだ。

「あの人は、飲んでますって顔に書いてあったからね」

「そうなんですか。でも、先生は前にわたしの嘘も見抜いたでしょう」

「いつのこと」

「医局旅行のとき。祖母の七回忌なので行けませんて看護師長に言ったら、わたしを見てニヤリとしたでしょう。わたし、あ、見抜かれたって思いましたもん」

医局旅行はオヤジ医者が乱れるので、若い看護師は敬遠したがる。それでも、法事で休むというのはあまりにミエミエではないか。

「君の嘘もわかりやすすぎだよ。看護師長も気づいてたんじゃないか」

「そんなことありませんよ。わたし、お寺の名前から祖母の命日まで準備して、迫真の演技で申告したから、ぜったいバレない自信があったんです。なのに水島先生にあっさり見抜かれちゃって」

水島は軽く肩をすくめ、話を逸らすつもりで椅子をまわした。看護師は逃がすまいと前にまわり込み、上目遣いに声をひそめた。

「もし、水島先生が嘘を見抜けるなら、わたし、相談したいことがあるんですけど」

「どんなこと」

つい応じると、看護師は語るに落ちたといわんばかりにうなずいた。

「ふーん、やっぱり見抜けるんだ」

「いや、そんなことはないよ。偶然、わかるときもあるだけで」

慌てて取り繕うが、看護師は独り合点《がてん》を変えない。

「人の嘘が見えちゃうと、困ることもあるんじゃないですか。お世辞とかもわかるわけでしょう。たとえば料理を作って、相手がおいしいって食べても、ほんとうはまずいと思ってるのがわかったりすると、悲しいじゃないですか」

「だから、そんなことわからないって」

「ドクターの説明にも嘘が多いですよね。抗がん剤でがんは治らないのに、治るように言ったり、製薬会社から頼まれた薬を、さも必要な薬みたいにして処方したり」

水島が生返事で立ち上がると、看護師は含みのある笑みを浮かべた。

「それはそうと、水島先生は独身ですよね」

三十八歳で独り身の水島には、結婚はデリケートな話題だ。ポーカーフェイスを装っていると、看護師は興味深げに訊ねた。

「どうして結婚しないんです」

「相手がいないからだよ」

「ほんとうですか」

「もちろん、だよ」

看護師は水島の目をのぞき込み、意味ありげに笑う。

「嘘ですね。わたしにも嘘が見抜けるみたい」——

苦笑しながら出口に向かうと、看護師は「お疲れさま」と愛想のよい声をかけた。

## 2

院内のコンビニでサンドイッチとカフェオレを買い、水島は医局で遅い昼食をとった。食事が終わると、内科病棟に行って入院患者を一通り回診する。水島が勤務する都立新宿医療センターは、白鳳《はくほう》大学の系列病院である。

病棟の仕事は午後七時くらいまでかかり、それから医局にもどって、カルテの整理や書類書きなどの雑用をこなす。

気がつくと午後十時を過ぎていて、医局に残っているのは水島一人だった。まるで空腹を感じないのは、ストレスで胃がゴムのようになっているからだろう。こんなときは、食事よりアルコールのほうが望ましい。

水島はスマホを取り出し、高校の同級生の黒瀬《くろせ》ハルカにメールを送った。

『やっと仕事終了。ヘトヘト。山猫に行くけど、いる？』

待っていたように返信が来る。

『いつも通り、飲んでます』

ハルカは週に三日は西新宿の裏通りにある「バー山猫」で飲んでいる。美人だが、男顔負けの酒豪で、全身に何ともいえない倦怠感《けんたいかん》を漂わせている。

十分ほど歩いてバー山猫の扉を押すと、カウンターの奥に、そのまま葬式にでも行けそうな黒ずくめのハルカが座っていた。

「あら、水島先生。遅くまで、ご苦労さま」

いつも名前を呼び捨てにするくせに、こんなときだけ「先生」と呼ぶ。すでにかなりデキあがっているようすだ。

「ハーパーをロックで」

となりに座り、マスターに注文する。三口ほどで飲みきり、二杯目は香りのきついアイラモルトに替える。

「今日さ、外来の看護師に、先生は嘘が見抜けるのかって言われたよ」

「へえ……」

気怠《けだる》そうに相槌をうつ。ハルカはいつもそうだ。

「で、どうなの。道彦は嘘が見抜けるの」

「ああ、僕には見える。嘘を言う人間は、後頭部からすっと黄緑色の狼煙《のろし》が立ち上るんだ」

ハルカは眠たげな流し目を寄越す。

「……嘘でしょ、それ」

曖昧な笑いでごまかし、つまみにサラミを頼む。

「その看護師は、お世辞とか医者の説明にも嘘が多いと言うんだ。たしかに、心にもないお世辞は嘘ともいえる。そう考えれば、この世は嘘だらけだな。ヤラセのテレビ番組もそうだし、産地を偽装した牛肉とかも嘘だし」

「名古屋コーチンも二割くらい偽物らしいわね」

「日本には嘘が多すぎるよ。この前、コンビニでゼロカロリーっていうゼリーを買ったら、『一〇〇グラムあたり五キロカロリー未満をゼロカロリーと表示します』って小さな字で書いてある。ふざけるなって感じだよな。ノンアルコールビールだって、アルコール濃度はゼロじゃないし」

「道彦は潔癖すぎるのよ」

「そんなことないさ。嘘に寛容になったら、どんどんルーズになってしまうぞ。本物と偽物がごっちゃになって、何も信じられなくなる」

ハルカはショットグラスを飲み干し、ペルノを注文した。アニスの薬草めいた香りが広がる。

「道彦はむかしから嘘が嫌いだったわね。真実に生きるソクラテスみたいな感じ」

「それほどでもないさ」

「ほめてるんじゃないのよ」

都合のいい勘ちがいをすると、すぐツッコまれる。そういうシビアさが、腐れ縁の続いている理由かもしれない。

「あなたはエリートだから嘘を嫌うのよ。優秀な人間はみんなそう。嘘がまかり通ると、実力のない者が嘘を悪用して、自分より上になるかもしれないでしょう。それが許せないから、嘘は不快ということになる。別に正直だとか、真実を尊ぶみたいな立派な心がけじゃなくて、そのほうが自分に有利だからよ」

「僕だって道徳的な理由で嘘を嫌っているわけじゃない。嘘は効率が悪いんだ。いったん嘘をつくと、それを取り繕うために次の嘘が必要になる。それが積み重なって、バレるといっぺんに信用を失う。それに、失敗を嘘でごまかすと、反省が薄くなって、また同じ失敗を繰り返す危険性も高まるし」

「それもエリートの考えね。優秀な人間はそうやって気を引き締めると、次から失敗しないのかもしれないけれど、大半の人は気を引き締めてもまた失敗するわ。いちいち事実を認めてたら、それこそ信用を失ってしまう。だから適当にごまかして、その場を切り抜けるのよ」

「黒瀬も嘘でごまかすのか」

「そう。あたしもごまかすわ」

水島は焦点深度を深めるように目を細めた。ハルカの後頭部に薄い黄緑色の狼煙が見える。

「嘘だな。黒瀬はそんなことしない」

ハルカは肩をすくめてペルノを舐めた。

「でも、世の中には多少の嘘が必要よ。嘘も方便っていうでしょう」

「それこそ嘘つきの自己正当化さ」

「そうかな」

ハルカが小さなため息をつく。「人って、どんなときに嘘をつくのかしら。都合の悪いとき、隠したいことがあるとき？　浮気とか、陰謀とか」

「陰謀は大袈裟《おおげさ》だろ」

「じゃあ、がんの告知はどう。手遅れのがんでも患者さんに正直に言うの」

「最近は言うよ。でも、露骨には言わない。ショックを与えるといけないから」

「それも厳密に言えば嘘でしょ」

「嘘じゃない。言い方を工夫してるだけだ」

「なんかそれも都合いいって感じね。相手を安心させたいときにも、嘘を言うでしょ。親に心配をかけたくないときとか」

水島は顔をしかめる。

「相手のために言う嘘には、得てして自分の都合が紛れ込む。相手を傷つけたくないとか言いながら、結局、失敗をごまかしたり、自分の得になるようにしたりするだろ。だから、まずは嘘を認めないというふうにしないと」

「やっぱり潔癖主義ね」

ハルカは鼻で嗤い、ふと思い出したように言った。「そういえば、あたしの知り合いに極端に潔癖な人がいてね。親子丼《おやこどん》は嘘だって言い出したの」

「どこが嘘なんだ」

「親子丼の鶏肉と、卵はほんとうの親子じゃないでしょ。血のつながりはないんだから。だから、その人は〝実の親子丼〟ていうのを作ったの。養鶏場に行ってね、ニワトリを買ってきて、卵を産ませてから殺すの。その鶏肉と、そのニワトリが産んだ卵で親子丼を作ったわけ。卵でとじてあるのは母親の肉よ。これがほんとうの親子丼だって。どう」

「気持悪い」

「でしょ。だから嘘をいっさい許さないっていうのも、ちょっと困るんじゃない」

水島はふたたび目を細める。

「作り話だろ、それ」

「バレた？　たしかに道彦には嘘が見えるようね」

ハルカは気怠げに笑って、マスターに勘定を頼んだ。

「そうそう、今度の同窓会は道彦、参加するの」

「そのつもりだけど」

「卒業二十年目ね。みんな変わってるでしょうね」

「だろうな。楽しみだ」

「そうかな。あんまり期待しないほうがいいかも」

ハルカは思わせぶりに言って、先に席を立った。

3

バー山猫を出た水島は、高田馬場《たかだのばば》にあるマンションまで歩いて帰った。夜の街を歩くのは気持がいい。ビルの影とイルミネーションが見苦しさを隠してくれる。だが、それも虚飾か。

水島は酔った頭で数え上げる。

この世にあふれる嘘と偽物。鶏肉を使った鴨南蛮《かもなんばん》、どこで獲《と》れたかわからない関《せき》サバ、九州育ちの神戸牛、中国製の偽ブランド品、入浴剤を入れていた白骨《しらほね》温泉、テレビのヤラセ番組、政治家の人気取り発言、会社の粉飾決算、生活保護の不正受給、研究者の捏《ねっ》造《ぞう》論文……。

嘘はいつから嘘になるのか。血のつながりのない親子丼を売っている店員は、嘘をついている意識はないだろう。無意識の嘘もあれば、嘘ではないけれど、わざと誤解を与える言い方もある。新聞の医療情報。「iPS細胞、がん治療にも利用」などとイラストまで入れた記事。現実にはまず実用化されないのに、今にも新薬ができるかのように書いてある。手遅れのがん患者がどんな思いでこの記事を読むと思っているのか。嘘も同然の記事やテレビ番組を見るたびに、水島はこめかみに脂汗がにじむほどの憤りを覚える。

コンビニの前で高校生がたむろしている。大声で自慢話をし、調子を合わせる。黄緑色の狼煙があちこちから上がる。すべて嘘だ。しかし、だれも怒らない。

帰宅を急ぐサラリーマンが追い越していく。一目見てわかるカツラだ。カツラも薄毛を偽る嘘か。タクシーから化粧の濃いホステスが降りてくる。つけまつげ、描いた眉、厚塗りファンデーション、美容整形、脂肪吸引。すべて自分を偽る嘘か。

それにしても、どうして自分はこれほど嘘に敏感なのか。ふらつきながら考える。

そうだ、あのときの恐ろしい羞恥《しゅうち》が原体験だ。幼稚園での出来事。園児が車座になっていて、先生が優しい声で言った。

――トイレに行ったら手を洗いましょうね。手を洗った人、手をあげて。

みんなが勢いよく手をあげた。水島もあげた。

――あー、水島くんは洗ってなかったのにぃ。

ませた女の子に見られていた。みんなの前で暴露され、耐えがたい恥辱にまみれた。嘘はバレる。その恐怖心が自分に極端な嫌悪を植えつけたのかもしれない。

もう一つ、嘘で恐ろしい体験をした。小学校四年生のとき、クラスで嘘つきと嫌われている少年がいた。友だちの一人が、その嘘つき少年をだましてやろうと計画した。いつもの仕返しだ。そのころ埋め立て地の堤防で、ハゼ釣りが流行《はや》っていた。友だちは少年に言った。

――テトラポッドの防波堤の先で、大きなハゼが釣れるぞ。

水島を含むみんながうなずいた。嘘つき少年は一人で防波堤の先に行き、テトラポッドで足を滑らせ、頭を強く打って死んだ。

だました友だちはしばらく学校を休み、転校していった。嘘は思いもかけない悲劇につながる。そのことが水島を震え上がらせた。

黄緑色の狼煙が見えるようになったのも、そのころだった。四年生の三学期、クラス替えの直前に、担任の女性教諭が児童を一人ずつ教室に呼んで面談をした。教諭は水島にこう言った。

――先生は、このクラスで水島君がいちばん好きだったのよ。

そんなはずはない。自分よりかわいがられている者はほかにいたはずだ。疑わしげに目を細めると、微笑む教諭の後頭部に、薄黄緑色の煙が立ち上っているのが見えた。先生はみんなに同じことを言っている。直感的にそれがわかった。

それ以後、水島はさまざまな場面で嘘を言う人間の後頭部に、黄緑色の狼煙を見るようになった。勘ちがいをごまかす大人、成績を偽る友人、二股《ふたまた》をかけていた彼女、知らないことを取り繕う教師、病状を大袈裟に言う患者。

水島が嘘を見抜くと、相手にも伝わり、気まずい状況になってしまう。だから、わざとだまされたふりをすることもあった。そのほうがうまくいく。ハルカの言う「嘘も方便」というヤツか。

しかし、いったん嘘を認めたら、この世はまやかしだらけになってしまう。

4

ホテルの大広間を借り切った会場には、百二十人ほどの同窓生が集まっていた。

高校卒業二十周年。以前と変わらない者もいれば、早くも中年太りや薄毛になっている者もいる。女性はそれぞれに着飾り、和服姿もちらほらあって、華やかな雰囲気を盛り上げていた。

テーブルが十卓用意され、クラスごとに座る趣向だ。まずは一年時のクラス。水島はハルカと同じクラスだったので、並んでテーブルに着く。ハルカの出《い》で立ちは、逆に目立つ黒一色のシンプルドレス。

　司会者が開会を告げ、主賓の教師が乾杯の音頭を取ったあと、各テーブルで近況報告がはじまった。

「えー、○○銀行の融資課にいる××です。もともとは△信金でしたが、大手と合併してネームバリューが上がりました」

「去年、リストラに遭い、今は派遣社員です。格差社会を恨んでます」

「羽田でグランドホステスをやってます。彼氏はアメリカ人で、シングルマザーです」

　笑いを取る者、まわりを唖然《あぜん》とさせる者、愛社精神を発揮する者などさまざまだ。自分の番が来たとき、水島は咳払いをして手短に言った。

「水島です。都立新宿医療センターの消化器内科にいます。胃カメラと大腸ファイバーは得意ですから、胃腸の悪い人はいつでも連絡ください」

　同じテーブルにいた司会者が混ぜ返す。

「ドクター水島は未《いま》だ独身です。だれか彼にふさわしいお嫁さん候補があれば、ぜひご紹介を」

　ハルカの近況報告は、水島以上にそっけなかった。

「黒瀬ハルカ。都立高校英語教師。バツイチ、酒好き、男嫌い、以上」

「……だそうです」

お調子者の司会者も、ハルカにはとりつく島もないようだ。

歓談のあと、司会者の合図で二年時のクラスに移動する。酒が入ると声も大きくなり、あちこちで笑いや嬌声があがる。徐々に話が脱線しはじめ、長々としゃべりだす者もいる。三年時のクラスに移動すると、勝手に席を替わる者、立ったまま昔話に花を咲かせる者などで騒然となる。近況報告もいい加減なものになり、はじめはそうでもなかったが、あちこちで黄緑色の狼煙が上がりはじめる。

「夫は開業医なの。おかげさまで忙しくてね。院長夫人もたいへんよ」

（ほんとうは患者が少なくてローン地獄。院長夫人もパートをかけ持ち）

「住紅商事からヘッドハンティングを受けてるんだけど、決心がつかなくてね」

（実はリストラ寸前で、年下の課長にへつらう毎日）

「麻布十番にイタリアン酒場を開いたんだ。嫁も鼻高々って感じで」

（店はとっくに閉店。借金は義父が肩代わり。妻に頭が上がらない）

「うちの主人は優しいわよ。海外旅行にも快く送りだしてくれるし」

（亭主はDVでギャンブル依存。半年前から別居中）

「次男がルーミス学院に通ってるの。知ってるでしょ。進学校の新御三家。長男は国際弁護士を目指して勉強中よ」

（次男は志望校に落ちて二流校行き。不登校から引きこもり寸前。長男はフリーターで

風俗嬢と同棲中《どうせい》)

「俺は独身貴族だから、ずっと自由を謳歌《おうか》してるよ。毎日グルメ三昧でね」

(去年、不倫がバレて泥沼離婚。不倫相手にも逃げられ、貧しい自炊の日々)

なぜそんな下らない嘘をつくのか。知りたくもない実態が次々と透けて見える。

テーブルから身を引き、口元を歪めていると、ワイングラスを持ったハルカが横に来て、耳元でささやいた。

「道彦。あんまり不機嫌そうな顔はよくないぞ」

「だって、こいつら、嘘ばっかり並べてるんだぜ」

「だから言ったでしょ、あんまり期待しないほうがいいって」

司会者がステージに上がり、マイクを取って注目をうながした。

「ご歓談中、恐れ入ります。えー、みなさん、我が学年の出世頭にして、今や時の人である堂本恭一《どうもときょういち》君に、ひとことご挨拶いただきましょう」

司会者が盛大に拍手をすると、堂本がにやけた顔でステージに上がった。司会者が続ける。

「みなさんもご存じの通り、堂本君は三星《さんせい》総合研究所のエコノミストとして、このたび小笠原賞《おがさわらしょう》を受賞しました。イエィ」

堂本のツレである司会者が、派手に拍手を送る。堂本は「まあ、まあ」と抑える身ぶりでマイクを取った。

「あの、僕はただのエコノミストではなく上級エコノミストなんだけど」

「それは失礼いたしました。で、小笠原賞ですが、どんな賞なの」

「それくらい調べてこいよ。関東経済連が出してる賞だよ。将来有望な気鋭の経済学者に与えられる賞といわれてる」

「なるほど。それで受賞理由は」

「この前出した僕の本、『国際金融と企業ガバナンス』だ」

「ひゃー、むずかしそうな本ですね。それではひとことスピーチを」

司会者が引っ込むと、堂本は満面の笑みで話しはじめた。ＢＲＩＣｓがどうの、アジア通貨危機がどうのと、メディアで耳にしたことのあるような専門用語を連ね、自慢と自惚《うぬぼ》れとハッタリに満ちた嫌みな話が続く。

「何なの、これ」

ハルカがあきれたように水島に問う。水島は目を細めて凝視し、「ひどいな」と吐き捨てた。堂本の後頭部は、硫黄《いおう》の煙を噴き上げる温泉地のようだった。

「バカバカしくて聞いていられん」

ようやくスピーチが終わると、またぞろ司会者が登場して、おどけた調子で言った。

「堂本上級エコノミスト、ありがとうございました。上級エコノミストはテレビのコメンテーターも務める有名人でもあります。あ、さっきの本、購入希望者にはサインがもらえますので」

壇上でさんざんふざけたあと、堂本はスター気取りでステージから下り、やがて司会者が閉会を告げた。

## 5

同窓会が終わると、水島は気心の知れた友人と早々に会場を抜け出した。ハルカが銀座にいい店を知っているというので、タクシーに乗る。同乗したのは、銀行に勤める岡《おか》部信司《べしんじ》と、水島より一年遅れて白鳳大学の医学部に入った堀功一《ほりこういち》だった。

四丁目で降り、ハルカについて階段を上がると、落ち着いた雰囲気のバーがあった。革張りの椅子でゆったり座れる。それぞれが飲み物を注文すると、岡部が憤懣《ふんまん》やるかたないように声を荒らげた。

「さっきの堂本は何なんだ。だれがあんなヤツの話を聞きたがるんだ」

「高校のときから鼻持ちならない男だったな」

「同窓会の私物化ね」

堀とハルカも同調する。水島は運ばれてきたジャック・ダニエルを一気に飲み干し、ため息をついた。ハルカがニヤニヤしながら聞く。

「道彦もアタマにきてたんじゃないの」

「堂本はよくあんな白々しいことが言えるもんだな。自分のやってることがわかってないんじゃないか」

「やってることって」

「メチャクチャさ。論文の盗用、新聞記事の引き写し、おまけにインサイダー取引まで……」

酔った勢いで言うと、岡部が顔色を変えた。

「水島、今の話、どこで聞いた」

「今の話って」

「インサイダー取引だよ」

岡部の追及に水島は目を逸らす。ハルカが代わりに聞く。

「それがどうかしたの」

「もしかして、おまえの銀行がらみか」

堀が聞くと、岡部は前屈みになり声をひそめた。

「実は今、堂本は信金のインサイダー取引で、政治家の違法な株の売買に加担した疑いが持たれてる。内部調査の情報は、マスコミはもちろんネットにもまだ出ていないはずだ」

岡部がふたたび水島を見る。水島はまだ目を逸らしている。ハルカがグラスを口元に運びながら意味ありげに笑った。

「道彦はね、人の嘘が見抜けるのよ。隠し事だって、全部わかっちゃうんだから」

岡部と堀が顔を見合わせる。

「ほんとうか」

「でも、どうやって」

「見たらわかるらしいわよ」

ハルカはこの前話した黄緑色の狼煙のことは、本気にしていないようだった。水島が否定する前に、堀が口を挟む。

「それはあり得る。人間の外見にはいろんな徴候が表れるからな。たとえば糖尿病の専門医は、血液検査をする前に患者の血糖値がだいたいわかるし、外科医もベテランになれば、CTやMRIの検査をする前から、その患者が助かるか手遅れかだいたいわかる。嘘発見器だって似たようなもんさ。呼吸とか脈拍、発汗とかの生体反応を調べて、徴候を見てるんだから」

「しかし、嘘の中身までは見抜けんだろう」

岡部が反論すると、ハルカが引き取った。

「それがわかるらしいのよ。勘が鋭いっていうのか、あたしも一度、見抜かれてドキッとしたことあるもの。離婚が成立して、せいせいした気分で飲んでたとき、道彦がひとこと、ダンナも気の毒じゃないかって言ったのよ」

「どういうこと」

「岡部は鈍いな。酔ってるから言うけど、離婚の原因はセックスレスよ。あたしがダメでね。そんなことひとことも言ってないのに、道彦にはわかったみたい」

「そう言えば、俺も似たような経験がある」

堀がむかしを懐かしむように続けた。

「高三のとき、テニス部の一年生に好きな子がいたんだけど、照れくさいから、好きな子なんかいないって公言してたんだ。なのに水島が、意味ありげに、俺もあの子、かわいいと思うよって言ったんでびっくりした。覚えてるか」

「そんなこと、あったっけ」

「あったさ。おまえは高校のころからちょっと変わってた。何を考えてるのかわかんないとこがあって、俺たちと見る目がちがうって感じだった」

「しかし、ほんとうにおまえは堂本の話しぶりだけで、インサイダー取引までわかったのか」

なおも岡部が疑わしげに聞く。ハルカも改めて興味を持ったようだ。

「どうしてわかるのか説明してよ」

水島は答えに詰まり、グラスを口に運んで時間を稼ぐ。しかし、三人の視線は逸れない。仕方なく苦渋の答えを返した。

「どうしてわかるのかは、わからない」

「何よ、それ」

しかし、そうとしか言いようがない。数学の問題でも、わかるときにはわかるが、なぜわかるのかはわからない。嘘の中身も、わかるときにはわかる。ふっと、本当のことが入ってくる。確かめていないから、わかったような気がしているだけなのかもしれないが……。

水島は決まり悪げにつぶやいた。

「堂本のやりそうなことだと思っただけさ」

「道彦。嘘はよくないぞ。おまえにはアイツの嘘が見えたんだろう。正直に言え」

ハルカが男っぽい口調で絡む。「おまえは嘘が嫌いだって言ってたじゃないか。だったら正直に答えろ」

「ああ。嘘は嫌いだ。患者もよく嘘を言うから困る。治りたいくせに死にたいとか、副作用が出てるのにどこも悪くないと強がったり」

堀が思わず身を乗り出す。

「水島は患者の本心が見抜けるのか。すばらしい名医だな」

水島は怪訝な顔で見返した。堀が何か思惑があって感心しているのが明らかだったからだ。

6

数日後、水島は堀に呼び出されて、新宿東口の割烹《かつぽう》居酒屋に行った。店内にせせらぎをしつらえた隠れ家的な店だ。

「お疲れ。まあ、一杯いこう」

個室で先に待っていた堀は、落ち着かないようすで水島に酒を勧めた。

水島も堀も同じ内科医だが、水島は消化器内科で、堀は代謝《たいしや》内科である。水島は大学を出てすぐ関連病院に移ったが、堀は大学院に進み、そのまま大学に残っている。だから、ふだんは顔を合わす機会も少なく、この前の同窓会が久しぶりの再会だった。

しばらく同窓会の話で盛り上がったあと、堀は思い出したように話題を変えた。

「それはそうと、うちの疋田《ひきた》教授がもうすぐ退官なのは知ってるよな」

何気ないそぶりだが、明らかに声の調子がちがう。代謝内科の疋田善一郎《ぜんいちろう》教授は、まもなく定年を迎える。消化器内科と代謝内科は、もともと白鳳大学の第一内科から分かれた同門の医局だから、水島も当然、話は聞いている。

「後釜《あとがま》は准教授の仲川《なかがわ》先生なんだろ、おまえのボスの」

「いや、それがさ、ちょっと雲行きが怪しくてな」

堀はやっと本題に入ったとばかり、胡座《あぐら》を組み直した。

「知ってると思うが、疋田教授は権力欲のかたまりで、どうやら退官後も院政を敷くつもりみたいなんだ」

急に生臭い話になり、水島は鼻白む。

疋田は脂質代謝の専門家で、メタボリック症候群の基準決定にも関わり、その分野では第一人者とされている。一方、准教授の仲川は、糖尿病が専門で、2型糖尿病（成人型の糖尿病）の権威と目されている。いわば代謝内科の二枚看板だ。

堀は水島から目を逸らさずに続けた。

「仲川先生は最近、インクレチンというホルモンの研究で成果をあげて、去年、『ネイチャー』に論文が二本載ったんだ。それで急に疋田教授が仲川先生に冷たく当たるようになってな」

「部下の論文が『ネイチャー』に出たんなら、疋田教授にも名誉なことだろう」

「いや、自分より目立ってほしくないいんだよ。仲川先生が有名になれば、白鳳の代謝内科は糖尿病がメインになってしまうからな。それで自分の後釜は脂質代謝グループから持って来ようとしてるようなんだ」

代謝内科の医局には、糖尿病グループと脂質代謝グループの二つがあり、それぞれが競い合っていることは水島も知っていた。

「脂質のトップは講師の村田《むらた》先生か。教授にはちょっと若すぎるんじゃないか」

「だから、学外から候補者を呼び寄せる肚なのさ」

「だれだい」

「首都医療センターの藤城《ふじしろ》先生。仲川先生の一期下だ」

「疋田教授と共同研究してた人か」

水島はいつか学会で聴いた藤城の講演を思い浮かべた。優秀そうだが、線の細い内気な人柄のように見えた。彼なら疋田は難なく院政を敷けるだろう。

「ひどいと思わないか。これまで仲川先生は准教授として、どれだけ疋田教授に尽くしてきたか。雑用から代役まで至れり尽くせりでやってきたんだぜ」

たしかに仲川は優秀で、学会の準備なども完璧にこなしてきた。それが今になって冷たくされたのでは立つ瀬がない。

大学医局のヒエラルキーは、今なお『白い巨塔』の時代とさほど変わっていない。教授の権力は若干衰えたとはいえ、一つしかないポストを争うレースは過酷を極める。レースの参加者は常に教授の顔色をうかがい、失言、失態に神経を尖らせ、研究、治療、教育のほか、研究費の維持、学会の準備、留学手配、同窓会事務など、教授の手足となって働きづめに働かなければならない。すべては〝教授〟というお山の大将ポストを手に入れるためである。レースに敗れれば、栄光は目の前を去って行く。

「結局は疋田教授の仲川先生に対する嫉妬《しっと》だよ」

堀がぐい呑みを干し、口元を歪めた。「もし、藤城先生が教授になったら、年次が上の仲川先生は大学病院から出されるだろう。仲川先生がいなくなったら、糖尿病グループはたいへんだ。全員冷や飯で、ろくに研究費もまわしてもらえなくなる」

堀は今、糖尿病グループの助教筆頭である。ボスの仲川が教授になるかならないかで、彼の立場も大きく変わってくる。

「脂質グループの村田講師もめちゃくちゃだって言ってるんだぜ。同じグループからも批判されてるんだから、疋田教授がいかにひどいかわかるだろう」

そういう面もあるが、本音はちがうだろう。水島が見透かしたように言う。

「村田先生は自分のことを考えてるんだろ。仲川先生が教授になったら、自分が准教授になれるが、藤城先生だったら、准教授は糖尿病グループから選ばれるだろうからな」

「まあ、それはそうかもしらんが」

堀は目を逸らして、冷めかけた焼き物に箸をつけた。それにしても、堀はなぜこんな話を自分にするのか。

「もう少し飲めよ」

　堀が地酒を注文し、水島のぐい呑みに注《つ》いだ。上体を近づけて声をひそめる。

「ここだけの話だがな、実は、疋田教授には公にしにくい噂があってな。研究費の不正経理疑惑だ」

「まさか」

「ほんとうさ。疋田教授は学会の基準値決定に影響力があるだろ。彼の一声で中性脂肪の基準値が一〇ミリグラム下がれば、薬の売り上げが億単位で伸びるんだ。だから、製薬会社からな」

「賄賂《わいろ》をもらってるっていうのか」

「もちろん直接じゃない。医療機器メーカーを迂回して、医局で架空発注して、その代金に上乗せしてるんだ。いわゆる〝預け金〟だよ」

「そんな話、どこで聞いたんだ」

「怪文書がまわってきた。もちろん教授命令ですぐに回収したから、外部には洩れてないはずだが」

「架空発注って、品物が来なきゃバレるだろ」

「いや、事務職員が手続きをするだけだから、現場はわからないんだ。疋田教授が強引に書類を作らせるらしい」

「表沙汰《おもてざた》になったら不祥事ですまないぞ。刑事事件になるんじゃないか」

「いや、額が小さいんだ。たぶん、億はいってない。五年で七千万円くらいじゃないかな。だから特捜が動くほどでもない」

堀の歯切れが悪くなる。後頭部にうっすら黄緑色の煙が見える。

「明らかな不正なら、きちんと告発すべきじゃないか」

「それができるくらいなら、おまえに頼まないよ。教授が収賄で逮捕なんてことになったら、大学の名誉に傷がつくだろ。だから内密に運びたいんだ」

「僕に頼むって」

「だから、教授の嘘を見破ってほしいのさ。そうすれば、学内で仲川先生に有利な状況になるだろう」

そういうことかと、水島は頭を抱える。

「さっき、事務職員が手続きをしたって言ったが、不正に関わった職員はわかってるのか」

「ああ。庶務課の前川《まえかわ》って課長だ」

「じゃあ、そいつに証言させればいいじゃないか」

「だめだよ。前川は疋田教授にべったりだから、ぜったいに口を割らない。それに自分もかなり甘い汁を吸ってるって噂だ」

堀は投げやりに言う。そして、いきなりテーブルに両手をついて頭を下げた。

「水島、頼む。この通りだ。俺は今度の教授選で仲川先生の選挙参謀を頼まれてるんだ。あちこち根まわしをしなきゃならん。このまま仲川先生が落選したら、俺の将来もなくなるんだ。仲川先生に有利な状況を作り出すためにも、疋田教授の尻尾をつかんでくれ」

「しかし、僕が直接、疋田教授と話なんかできないぞ」

「直接でなくても、話を聞けばわかるんだろ。来週、疋田教授の退官前の最終講義があるんだ。それを聴きに来てくれないか。最終講義は学生以外に病院関係者も聴講するから、紛れ込んでもわからないさ」

水島は乗り気になれなかったが、堀の必死な顔つきにため息をつきながら応えた。

「わかったよ。最終講義は聴きに行くよ」

7

疋田善一郎教授の最終講義は、翌週の金曜日、医学部付属病院の大講義室で行われた。

定員四百人の座席は、八割方埋まっていた。聴衆は学生以外に、内科系の医局員、他科の教授たち、病院関係者らの顔が見える。

「さすがは脂質代謝の第一人者といわれる疋田教授だけのことはあるな」

水島が感心すると、堀は眉間に皺を寄せ、「みんな砂糖に群がるアリさ」と吐き捨てた。そして前方の壁際の席に目を留め、声をひそめる。

「おい、庶務課の前川も来てるぞ」

「例の不正経理疑惑の片棒を担いでるっていう課長か」

「しっ」

堀は慌てて口元に指を立てる。どこに敵がいるか知れないので、神経を尖らせているようだ。階段状の座席の斜め前で、顔色の悪い男が落ち着きなく会場を見渡していた。

「小心そうなヤツじゃないか。問い詰めれば簡単にオチるんじゃないのか」

「それが案外、抜け目がないんだ。保身に長《た》けているというのか、あちこちで情報収集をして、鉄壁の守りを築いてやがる」

「へえ……」

水島はいかにも事務職らしい灰色スーツの眼鏡男を意外そうに眺めた。

定刻になり、准教授の仲川が登壇した。マイクを調整し、聴衆に一礼する。

「みなさん。本日はご多忙のところ、疋田善一郎教授の最終講義にお集まりいただき、誠にありがとうございます。わたくしは、疋田教授のもとで准教授を務めております仲川修介《しゆうすけ》でございます。疋田教授のご講義をいただく前に、わたくしから疋田教授の経歴をご紹介させていただきます」

「さあ、はじまるぞ」

堀が小さく言って顔をしかめた。仲川は白衣のポケットから三つ折りの紙を取り出し、おもむろに読み上げる。

「疋田教授は昭和四十六年、白鳳大学医学部をご卒業され、当時の第一内科にご入局。大学院を経て、昭和五十四年、アメリカのケンタッキー州立大学に留学され、帰国後、准教授を経て平成七年に代謝内科教授、平成十二年に白鳳大学大学院教授となられました。この間、脂質代謝疾患の権威として、多くの研究実績をあげられ、日本アカデミー院賞、総合学士院賞、スペイン科学アカデミー外国会員賞、フランケンベルガー・ゴールドメダルなど、数多《あまた》の栄誉を受けておられます。所属学会ならびに役職は、全日本医学会副理事長、同常任幹事、日本肥満病学会名誉評議員、同理事、同特別顧問、日本コレステロール研究会名誉会長、同常任理事、日本未来医学治験部会運営委員長、日本EBM学会当番世話人、同監事、日本再生治療学会会友、日本超医療学会維持会員……」

仲川はペーパーをめくってさらに読み上げる。

「……社会活動としましては、厚生労働省の中央臨床研究委員会臨時委員、薬事審査協議会協議委員、メタボリック症候群検討委員会議長……、文部科学省の生活習慣病戦略作業部会委員、次世代代謝病研究会理事、消費者庁では……」

水島があきれたように聞く。

「いつまで続くんだ」

「疋田教授が言わせてるんだ。自分が関わったものは細大もらさず紹介させるのさ」

そんなものだれが聞きたがるのかと思いきや、講義室の面々は熱心に耳を傾け、ときに感嘆するようにうなずき合っている。医師の世界は歪だと自覚しているつもりだったが、大学病院は歪を通り越して、滑稽にさえ見える。

受賞歴と肩書きの読み上げが終わると、仲川は自らを鼓舞するように声を張り上げた。

「それでは疋田教授にご登壇いただきます。みなさま、拍手をもってお迎えください」

最前列から白衣姿の恰幅のよい疋田が立ち上がり、ゆっくりと教壇に上がった。マイクを持って聴衆を見渡し、軽く咳払いをして胸を反らせる。

「えー、本日は、不肖私の最終講義のために、かくも大勢の方々にご来駕《らいが》いただき、誠にありがとうございます。私は生まれも育ちも東京・大田区、曾祖父《そうそふ》の代からの江戸っ子でして、曲がったことは大嫌いという困った性分でございます。そもそも疋田家は、代々医師の家系であり、祖父の代から三代続いて白鳳大学の医学部卒ですから、母校愛だけは人後に落ちないつもりでおります……」

最終講義と言いながら、内容は己の一代記で、家柄自慢にはじまり、自分がいかに幼少時から優秀で、他に抜きん出た存在であったかを臆面《おくめん》もなく語った。

「……とんとん拍子に出世したのも、時代を先取りするセンスのなせる業で……、アメリカでは現地秘書が舌を巻くほど堪能な英語力を発揮し、……純粋な探求心で首尾一貫して科学者としての生き様を守り抜き、……治療と研究は人類愛の表現であって、……のも不肖私が日本初であり、……の論文は世界中の注目を集め、……××学会は私の会長時代に飛躍的発展を遂げ、……○○等の偉業を達成することができたのも、ひとえにみなさまのご協力あってのことと感謝しております」

続いて、パワーポイントで写真が映し出され、これはどこそこの国際学会で絶賛を浴びたとき、これはゴルフコンペで優勝したとき、こちらはテレビのバラエティ番組にゲスト出演して高視聴率を取ったとき、これは報日新聞の「時の人」に取り上げられた記事、これは軽井沢の別荘、これはアラスカで釣り上げた鮭《さけ》、これは自宅の菜園で採れたカボチャ、これは祇園《ぎおん》の舞妓《まいこ》、これは書斎の蔵書、これはスペインの骨董屋で見つけた掘り出し物の壺等々、これでもかというほどの自慢と見せびらかし自画自賛のオンパレードだった。

スライドが終わると、疋田は講義の締めくくりとして、研究の苦労話を披露した。

「何より不自由したのは、研究費であります。いかにすばらしい才能と研究テーマに恵まれても、先立つものがなければ研究は進みません。私のように学問一筋の人間は、経済にはとんと暗く、すべては秘書任せ……」

水島は疋田の顔をスキャンするように目を細めた。さっきから何度も見えた黄緑色の狼煙が、山林火災のように激しく立っている。疋田は経済に暗いどころか、常に頭はカネのことでいっぱいで、経理のごまかし、ウラ技、抜け道にも通じ、表の経理は秘書任せでも、ウラ金はすべて自分が処理している——。

「私のように愚直な人間には、不正をしてまで研究費を調達するような芸当は、とても想像もつかないことであります。私ほど金銭面に疎《うと》い人間も珍しく……」

疋田の後頭部から黄緑色の狼煙が爆走するＳＬのように噴き上げた。その視線が一瞬、講義室の端にいる前川に走ったのを、水島は見逃さなかった。前川は頰を強ばらせている。やはり二人にはウラの関係があるようだ。

疋田は水島に見られていることに気づくはずもなく、上機嫌で講義を締めくくった。

「多くの患者を救い、人類に貢献することこそ、我々医師の使命であります。我々は常に患者を最優先し、すべての患者に最高最良の医療を提供し、最後まで希望を捨てず……」

最後はきれい事の大盤振る舞いだったが、黄緑色の狼煙は箱根か別府《べっぷ》の温泉地のように立ち上っていた。口では立派なことを言いながら、自分や身内が病気になれば、コネを最大限に活かして優先的に治療を受ける。なんと卑劣な。

いや、しかし疋田ばかりが悪辣なのではない。順番を飛ばされて怒る患者とて、立場が変われば同じだろう。だれも生死の分かれ目で、優先的な治療の誘惑を断れない。そんな連中がきれい事を言うのだ。世の中は嘘に満ちている。

「おい、どうした」

堀が心配そうに声をかける。

「何でもない。疋田教授の嘘に気分が悪くなっただけだ」

「やっぱり、そうなんだな」

堀が我が意を得たりとばかり拳を握りしめた。と同時に拍手が湧き、脂ぎった顔の疋田が両手をあげてそれに応えた。講義が終了したらしい。

仲川が横に控えている女子医学生に合図を送る。女子医学生は花束を持って疋田教授の前に進み出た。疋田は満面の笑みで受け取り、握手を交わす。代謝内科の医局員たちが教壇の前に屈み、カメラのフラッシュを焚く。まるで結婚披露宴のケーキカットだ。

疋田は花束を仲川に押しつけ、ふたたびマイクを手に取った。

「みなさん、ありがとう。きれいなお嬢さんに豪勢な花束までいただいて、感激に堪えません」

そう言ってから、今気づいたかのようにわざとらしく言う。「おお、藤城先生も来てくれていましたか。ちょっとこっちへ出てきてくれたまえ」

はじめから話ができていたのだろう。藤城は恐縮しながらも、素早く教壇に上がった。

「ご紹介しましょう。首都医療センターの内科部長、藤城慎一《しんいち》君です。藤城君は私の共同研究者であり、私の右腕として活躍してくれた優秀な研究者であり、またすぐれた臨床家でもあります」

藤城が疋田に深々と頭を下げる。親しみを込めて「藤城君」と呼ぶパフォーマンスは、彼こそ自分の後継者だと、最終講義に来た他科の教授たちにアピールするも同然だ。

「なんて卑怯なやり方だ」

堀が悔しげに舌打ちをする。そのあとで水島に頭を寄せてささやいた。

「しかし、疋田教授はクロなんだな」

「ああ。あの前川という庶務課長もグルだ」

「よし。それなら今に吠《ほ》え面《づら》かかせてやる」

堀の陰湿な声に、水島は穏やかならないものを感じた。

## 8

外来診察の最後の患者が出て行ったのは、今日も午後二時半を過ぎていた。

水島は椅子にぐったりもたれる。例によって、診察では多くの嘘を聞かされた。

予約時間に遅れた患者の言い訳。「電車が遅れて」「高速が渋滞して」「出がけに急にお腹がいたくなって」。自分が悪いんじゃありません、どうしようもなかったんです。弁解、ごまかし、責任回避。

風邪の症状などないくせに、くしゃみが出ると総合感冒薬を求める患者。家で家族にのますつもりだ。湿布やビタミン剤をほしがる患者も同様。

自分で薬をなくしたくせに、「はじめから足りませんでした」と言い張る患者。睡眠剤は十回分でいいと言ったのに、「そんなこと言ってない。二週間分ないと困る」と怒る患者。検査をいやがり、「調子いいです。どこも何ともありません」とごまかす患者。血液検査で明らかに貧血があるのに、「ふらつきません」と治療を断る患者。黄緑色のしょぼい狼煙が立っては消える。

しかし、変わったケースもあった。前回、帰りに尿検査を受けるように言ったのに、忘れて帰った高齢女性は、「そんなこと聞いてません」と譲らない。後頭部は晴れていた。看護師に聞くと、尿検査を忘れるのはしょっちゅうとのこと。

女性に訊ねる。

「これまで尿検査を忘れたことは」

「一回もありません」

彼女は忘れたことを忘れている。だから嘘をついているつもりはなく、当然、黄緑色の狼煙も立たない。

それにしても患者が多い。来なくていい患者もかなり交ざっている。

「患者ってほんとまじめだよな。たまにはサボってくれてもいいのに」

診察椅子にもたれながら、冗談とも愚痴ともつかない調子で言った。相槌を待ったが、看護師は処置ワゴンに手を掛けたままぼんやりしている。この前、水島に「嘘が見抜けるんですか」と言った彼女だ。

「どうした。疲れたの？」

「あ、いえ。ちょっと考え事をしていて」

「君、この前、相談があるとか言ってなかった」

「ああ……、そうでした」

看護師は曖昧な笑みを浮かべる。

「どんな相談」

「実は、父のことなんですけど。何だか悩んでるみたいで、だけど、わたしが聞いても何もないって」

水島は首を傾げる。彼女の父親が何か嘘をついていて、それを見抜いたところで解決になるだろうか。

「父は無口で、家であまりしゃべらないんです。母やわたしとの会話もほとんどなくて」

看護師はまた物思いに沈む。心配そうだがどこか戸惑っているようすだ。

「僕で役に立てるのなら、何でもするけど」

「ありがとうございます。でも、もう少しお時間いただけますか。わたしにもまだよくわからないんです」

看護師の後頭部に黄緑色の狼煙はなかった。たぶんほんとうにわからないのだろう。それならこれ以上聞いても仕方がない。

9

「堀クンたら、あたしにも電話してきたのよ」

ハルカがペルノを一気飲みして、荒い息を吐いた。

「何だか面倒な話みたいね。疋田とかいう教授が、不正経理をしてるんだって？」

「大きな声で言うなよ」

水島は素早く左右を見る。まさかバー山猫に白鳳大学の関係者がいるとは思えないが、用心するに越したことはない。

「で、どうするの」

「まあ、できるだけのことはするつもりだけど」

ハルカがあきれたように肩をすくめる。

「それにしても、堀クンはどうしてそんなことに一生懸命になるの。医者の仕事とは関係ないでしょ」

「大学に残るってのはたいへんなんだよ。疋田教授の次にだれが教授になるかで、彼の立場が大きく変わるから」

「どう変わるの」

「代謝内科の医局には、脂質代謝と糖尿病の二つのグループがあるんだ。脂質代謝のほうは疋田教授がトップ、糖尿病は仲川准教授が率いている。疋田教授の下には村田という講師がいて、仲川准教授の下には鮫島《さめじま》という講師がいる。堀は鮫島の下で、糖尿病グループのナンバー・スリーなんだ」

「あの子、そんなに偉いの」

ハルカがわざと子ども扱いをする。

「教授が退官したら、ふつうは准教授が後を継ぐ。ところが、疋田教授は脂質代謝グループで教授ポストを維持したいらしくて、首都医療センターの藤城という部長を後釜に据えたい魂胆なんだ。すると、仲川准教授は藤城より年次が上だから、大学から出ざるを得なくなる」

「それが堀クンにどう影響するの」

「逆を考えたほうがわかりやすい。仲川が教授になれば、バランス的に脂質代謝の村田が准教授に昇格する。糖尿病グループの鮫島は村田より年次が上だから、やはり大学にいられなくなって、堀がトコロテン式に糖尿病グループの講師に格上げされるというわけだ。だから、堀は仲川派なのさ」

「じゃあ、その鮫島って人は反対なのね」

「そう。鮫島は糖尿病グループだけど、藤城が教授になれば自分が准教授になれるから疋田派なんだ。逆に村田は脂質代謝グループだけど、仲川派についてる」

「みんな自分のことしか考えないのね」

「当然さ。疋田─藤城─鮫島のラインができると、仲川派は医局から一掃されるだろう。そうなれば堀も大学から出される」

「別に大学に残らなくてもいいじゃない」

「そうはいかないさ。彼は大学で偉くなることに賭《か》けてるんだから」

「くだらない」

ハルカはお代わりしたグラスを持ち上げ、アニスの香りを振りまく。

「あたしは出世争いに夢中の堀クンより、患者の治療に専念してる道彦のほうが好きだな」

水島は目を細めてハルカを見つめる。後頭部にうっすら狼煙。

「ありがとう。さりげない告白めいてるけど、嘘だね」

「あははは。わかる？　でも、堀クン、疲れないのかしら」

「そりゃ、疲れるだろう。だけど、今が踏ん張りどころだと思ってがんばってるのさ」

「それで嘘が見抜ける水島先生のお力添えをいただきたいってわけか。でも、堀クンはそんな生き方してると、生涯、踏ん張りどころの連続なのに」

ハルカが脚を組んで嗤った。水島はふと、今日の午後、外来でぼんやりしていた看護師のことを思い出した。

「みんな悩みながら生きてるんだよ。僕に嘘が見抜けるのかって聞いた外来の看護師も、父親のことで悩んでるらしい」

「何、その看護師、かわいいの」

「ちがうよ、バカ」

ハルカがからかうように下からのぞき込んだので、水島は即座に否定した。

## 10

代謝内科の医局は異様な雰囲気だった。

控え室のソファには七、八人の医師がいたが、水島が入った途端、刺すような視線が飛んできた。堀が同行しているのを見ると、半分は頬を緩め、残りは不快げに目を逸らす。代謝内科の医局は、今や完全に二分されているらしい。疋田が最終講義で藤城を公然と後継者扱いしたあと、強引に医局員の取り込みを図ったため、仲川もそれに対抗せざるを得なくなったからだ。

堀は陰険な空気をものともせず、水島を大部屋に案内して、奥にいる講師の村田に紹介した。

「ああ、君が水島先生ですか。堀君から噂は聞いていますよ。先生はちょっと特殊な能力があるそうですね」

村田は大仰に水島を歓迎した。すかさず堀が、聞こえよがしに言う。

「そうなんです。水島先生は人の嘘を見抜く力がありましてね。嘘発見器の原理と同じです。彼には人間がしゃべるときの微妙な生体変化を察知する診断力があるんです」

大部屋には何人かの医師がいるようだった。控え室もロッカーで仕切られているだけだから、堀の声は筒抜けだろう。彼は示威作戦で水島の能力をアピールしているのだ。

水島は困惑して堀の言葉を訂正した。

「嘘を見抜けるといっても、いつもじゃありません。そういうのがわかるときもあるというくらいで」

「いやいや、ご謙遜を。水島先生に協力していただければ、我々も大いに心丈夫ですよ」

「村田先生。それじゃ、さっそく行きましょうか」

「よし、わかった。善は急げというからな」

村田は思わせぶりに応じて席を立つ。水島は胸騒ぎを覚えつつ、二人について大部屋を出た。

いったん廊下に出てから、奥の扉を堀がノックする。准教授の仲川の部屋だ。

「失礼します」

堀が扉を開き、村田と水島を先に通す。仲川は自席から出てきて、水島を歓迎した。

「お忙しいところをありがとうございます。堀君から話は聞いています。ご協力、よろしくお願いしますよ」

仲川に勧められて、一同は応接セットに座った。

「さっそくですが、現在までの情勢を確認させていただきます」

堀は持参したアタッシェケースの鍵を開け、右上に「極秘・取扱厳重注意」と書かれた紙を仲川と村田に渡した。水島には、自分用のペーパーを見せる。教授選の投票予測表で、教授会のメンバーに◎、○、△、□、×の五種のマーク、その横に「備考」として判定理由らしきものが書き込んである。

堀が説明した。

「判定マークですが、◎は仲川先生に投票確実、○は投票の可能性大、△は未定、□は投票の可能性小、×は可能性ゼロを意味します。教授会のメンバーは臨床系の教授二十五人、基礎医学系が十六人の合計四十一人です。当選ラインは二十一票。現在、◎は六人、○は五人。一方、×は四人、□が八人で、ほぼ互角の状態と言えます」

「△は一、二、三と……十八人か」

　村田が確認し、ため息を洩らす。堀がすかさず補足する。

「基礎医学で△のついている八人のうち、五人は病理学の敷島《しきしま》教授の意向に賛同すると思われます。臨床系でも心臓血管外科、呼吸器外科、小児外科は同門ですから、心臓血管外科の吉沢《よしざわ》教授に同調するでしょう」

「それなら、この三人は○でいいんじゃないか。この前、家内が高校の同窓会に行ったら、吉沢教授の奥さんの妹が元同級生だとわかったらしい。アプローチできそうだと言ってたから可能性はあるだろう」

　仲川が言うと、堀は嬉《うれ》しそうに身を乗り出した。

「朗報ですね。この三票は大きいです」

　そんな縁故で票が動くのかと水島は首を傾げたが、備考欄を見ると、◎の教授には、仲川准教授の『高校の先輩』だの、『大学で同じラグビー・リーグに所属』だのと書いてある。○の教授には、『仲川准教授と同じジャズ好き』とか、『夫人が仲川夫人と同じジムの会員』とかいうのもある。逆に×や□には、藤城と同じ小学校の出身だとか、疋田が仲人をしたなどという記載があった。

「この『駐車場の件以来、疋田教授と犬猿の仲』というのは何です」

水島が◎の脳外科教授を指して聞くと、堀が答えた。

「脳外科の安井《やすい》教授は、二年前、病院の駐車場で疋田教授と場所の取り合いで大げんかをして、それ以来、口もきかないんだ。ほかにも皮膚科の赤田《あかだ》教授も、疋田派の泌尿器科の白川《しらかわ》教授といがみ合ってるから、敵の敵ということで◎だ」

そんなくだらないことでとあきれたが、仲川も村田も黙っている。□のついた教授には『不祥事に関与？』と書いてある者も複数いる。

「不祥事というのは例の怪文書のあれか」

「ああ。疋田教授の〝預け金〟で、おこぼれをもらってる可能性がある」

水島はふと不安になって訊ねた。

「まさか実弾が飛ぶというようなことはないだろうな」

「表立ってはないが、ウラではあるだろう」

堀が深刻な顔で言うと、村田と仲川が腕組みをして呻いた。

「場合によっては必要になるでしょうな」

「両天秤《りょうてんびん》をかけられて、額を吊り上げられると困るな」

深刻な三人の後頭部には、一筋の煙も立っていなかった。疋田教授の退官は二週間先で、教授選はその三カ月後に予定されている。今からこんな緊張状態で、病院で正常な診療が維持できるのだろうかと、水島は不安になった。

## 11

しばらく票読みを続けたあと、村田は大部屋にもどり、仲川は水島を呼んだ本来の目的である教授への挨拶まわりに出発した。先方は三人。いずれも仲川支持を表明しながら、曖昧さの見える教授たちだ。

先導役の堀が早口に説明する。

「最初に行く整形外科の大木《おおき》教授は、二年前、不倫相手のモデルを妊娠させてしまい、泥沼になりかけたところを、たまたま仲川先生の患者が大物の芸能プロデューサーで、相手を説得して丸く収めた経緯がある。仲川先生には頭が上がらないが、弱みを握られていることを不快に思ってもいるようだから、土壇場で裏切るかもしれん。そこを君に確かめてほしいんだ」

「わかった」

くだらない役目だと思いながら、水島は仲川の手前、神妙にうなずく。

挨拶に行くと、大木教授は卑屈なほど丁重に仲川を迎え入れた。

「やあ、仲川先生。たいへんですな。わたしは先生を応援してますよ。お世話になったんだから、当然のことです」

水島は仲川の後ろに控え、細目で見つめる。後頭部にはくっきりと黄緑色の狼煙。

廊下に出てから、堀が訊ねる。

「どうだった」

「大木教授は嘘を言ってる。裏切るつもりだ」

「やっぱりか」

堀が舌打ちをすると、仲川が「打つ手はあるのか」と低く聞いた。

「あとで匿名のメールで脅しをかけておきます。こちらには嘘を見抜ける人物がいるので、大木教授が仲川先生に投票したと言っても、嘘ならすぐにわかる、不倫の話を公にしたくなければ、心変わりないようにと」

仲川がうなずくと、堀は次に訪問する眼科の瀬戸《せと》教授について説明した。

「瀬戸教授は疋田教授が後押しして教授になったんだが、そのあと疋田教授が子分扱いするので嫌気がさして、今回は仲川先生を支持する考えらしい。しかし、疋田教授にも恩があるからどこまで本気かわからない。そのあたりを確かめてくれ」

眼科の教授室に行くと、まだ若い瀬戸は親しげに仲川を迎え入れ、「君も疋田教授の老害に苦しんでるんじゃないか」と、歯に衣《きぬ》着せぬ物言いをした。水島は仲川の後ろから瀬戸のようすを観察する。

「白鳳大も世代交代をしなきゃいかんよ。いつまでも老人をのさばらすわけにはいかない。君には期待してるよ」

瀬戸は力強く言って仲川の肩を叩いた。

「ありがとうございます」

仲川は謙虚に応じたが、疑念を捨てきれないようだった。堀も同様らしく、部屋を出てから、「どうも信用できない」と洩らした。

「いや。瀬戸教授は大丈夫だ。少なくとも今は本心でしゃべってる」

「ほんとうか。それなら安心だ」

水島の言葉に、堀が明るい声を出した。

「最後は血液内科の守田《もりた》教授だ。水島も知ってると思うが、疋田教授とはずっと敵対してる気の強いオバサンだ。代謝内科全体を敵視してるから、仲川先生にもいい印象は持っていなかったが、今回は疋田教授と対立してるんで、好意的に変わったという噂だ。しかし、まだはっきりしないから、感触だけでもつかんでくれ」

仲川は二人を引き連れ、緊張したようすで血液内科の教授室に入った。守田は冷ややかな表情で一行を迎え入れ、座ると同時に疋田の悪口を言いだした。

「まったく疋田先生だけはどうしようもないわね。医学部をよくしようと思うなら、彼の提案をすべて逆にすればいいのよ」

「申し訳ありません」

「あなたが謝る必要はないわ。それにあのお爺《じい》ちゃんももう退官でしょ」

「ですが、藤城先生が後を継ぐと影響力が残ってしまいますので」

「だから教授選であなたに入れろって言うの？　わたしはまだその藤城さんて方に会ってもいないのよ。あなたの言い分だけ聞くわけにはいかないわ」

「それはもちろんです」

仲川は守田が機嫌を損ねそうになったので、慌てて取り繕った。あとはよけいな口をはさまず、ただひたすら守田の話に耳を傾けた。

部屋を辞してから、仲川が自信なさげに水島に訊ねた。

「どうだった」

「大丈夫です。守田教授はわざと冷たいそぶりで仲川先生をからかってるんですよ」

「どうしてわかる」

「それはまあ、何というか、口調とか目の動きや唇の表情で……」

水島は説明に困り、適当に答えた。仲川は「大丈夫なのか」という顔で堀を見る。堀は水島をちらと見て断言した。

「大丈夫ですよ。守田教授はかぎりなく◎に近い○でしょう。そうだよな、水島」

「ああ」

そのまま仲川と別れたあと、水島は堀といっしょにエレベーターで一階に下りた。出口に向かおうとすると、堀はふと立ち止まり、事務部から出てきた貧相な男を呼び止めた。

「前川課長」

見覚えがあると思ったら、疋田の片棒を担いでいるという庶務課の課長だ。

「ちょうどよかった。ご紹介しますよ。消化器内科の水島先生です。都立新宿医療センターにいるんですが、今回、仲川先生の応援に来てもらってましてね」

「水島です」

都立新宿医療センターと聞いて、前川は表情を変えた。堀は構わず続ける。

「水島先生はちょっと特殊な名医でしてね。患者が嘘を言ってもすぐ見抜くんですよ」

「患者が嘘を？　どんな嘘をつくんです」

前川は堀の言葉に警戒感を浮かべた。

「薬をのみ忘れているのに、きちんとのんでいるとか、便が出ていないのに毎日出てるとかですよ。そう言えば、前川課長は疋田教授の最終講義に出ていましたね。あれは疋田教授からの指示ですか」

「いいえ。そんな指示はございません。日ごろから尊敬する疋田先生の最終講義ですから、わたしもぜひ拝聴したいと思って」

堀が素早い目配せを寄越す。水島は前川の後頭部をじっと見る。気の毒なほど明らかに黄緑色の狼煙が渦巻いている。首を振って堀に言った。

「嘘だな。疋田教授は前川さんに動員の指示を出してるよ。講義室を満席にするようにと」

「ど、どうしてそれを」

前川は驚きのあまり、思わず細い首を伸ばした。

「だから、言ったじゃないですか。水島先生は嘘が見抜けるって」

堀が意味ありげに笑い、水島も鷹揚にうなずく。二人は青ざめる前川を残して、玄関出口へと向かった。

## 12

土曜日の午後、水島は重苦しい足取りで、白鳳大学の多目的ホール・フェニックス会館に向かっていた。

堀からスマホに連絡があったのは、前の週の木曜日だ。

「来週の土曜日、教授選の選考前セミナーが開かれることになった。そこでおまえに大事な役を頼みたいんだ」

選考前セミナーは、教授選の候補者が自らの研究内容と、教授就任後の抱負などを語る場である。教授会のメンバーにとっては、候補者の業績や人となりを知る上で大きな意味を持つ。セミナーは公開なので、教授会のメンバー以外に各候補者を支持する医師らも参加するのが通例である。

「セミナーでは発表のあとに質疑応答がある。そこで爆弾発言を用意してるんだ」

「爆弾発言？」

「ああ、例の怪文書の件でな」

堀は電話口で声をひそめた。彼は疋田の不正経理疑惑を利用して、教授会のメンバーに、仲川派が決定的に優位であることを印象づけようと画策しているようだった。そのために、水島は嘘が見抜けるという噂を、大学病院のあちこちで広めているらしい。

だが水島は迷っていた。このまま堀に協力し続けていいのか。場合によっては事態は疋田の逮捕に発展し、思わぬ余波を引き起こさないともかぎらない。堀もはじめはそこまでは望んでいなかったはずだが、仲川の優位を決定的にするために、今は背に腹は代えられない思いのようだ。水島は自分の気持を決めきれないまま、憂鬱な面持ちでフェニックス会館二階の講義室に入った。

「水島。よく来てくれた」

入口近くにいた堀が、待ちかねていたように出迎えた。会場にはすでに六十人余りの教授や医師らが集まっている。代謝内科の医局員はほぼ全員が顔をそろえていた。右前方には疋田を中心に藤城支持の面々が集まり、左後方には仲川派の医師らが固まっている。教授会のメンバーたちは、そこここに立って気楽な雑談を交わしていた。

堀が水島を奥へ連れて行こうとすると、疋田派の鮫島が近寄ってきて呼び止めた。

「君が水島先生ですか。選考前セミナーにまで駆けつけるとはご熱心なことですな」

鮫島は陰険な目つきで水島を睨《ね》めつけた。

堀が無視して行こうとすると、鮫島は水島に慇懃《いんぎん》に言った。

「水島先生は人の嘘が見抜けるそうですが、どうやってそれを証明できるのですか」

「見ればわかります」

「しかし、確証はないのでしょう。いちいち事実を確認しているのですか」

「いいえ」

「それなら、単に先生が思っただけという可能性もありますな。いわば空想、いや妄想であるかもしれない」

「何をおっしゃりたいんです」

堀が水島の前に立つと、鮫島は不敵な笑いを浮かべて答えた。

「嘘を見抜くと言ったって、単なる思い込みの可能性は否定できないということだよ。でしょう?」

たしかに、相手に真実を確かめてはいないから、思い込みだと言われれば否定することはできない。

　堀が苛立った声で反論した。

「しかし、実際、水島先生に嘘を指摘されて、認めた人も多いんですよ」

「偶然ということもあるだろう」

　堀に応えたあと、鮫島は改めて水島に向き直った。

「ミミエの嘘なら、我々にだってわかります。状況によっては、嘘の中身まで想像がつく。しかし、それは当たっている場合もあれば、外れていることもある。水島先生は、嘘をついている相手に何か特別なサインでも見えるのですか。仮に見えたとしても、それが妄想、あるいは幻覚でないという確証はないでしょう」

　水島が見る黄緑色の狼煙は、彼が見えると思っているだけだというのか。

「バカな。おい、水島、何とか言ってやれよ」

　堀はいきり立ったが、水島はとっさに反論できなかった。自分が読み取る嘘の中身は、根拠がないと言われればたしかにそうだ。相手を問い詰めても、証拠がなければ嘘を言い通されるだけだろう。

「おい、行こう。向こうで仲川先生が待ってる」

　堀は強引に水島の腕を取った。鮫島は「ふん」と鼻で嗤い、余裕の表情で二人を見送った。

## 13

選考前セミナーは、まず疋田の退官の挨拶からはじまった。

挨拶が大好きな疋田は、最終講義のときと同様、これでもかという経歴自慢で参加者をうんざりさせたあと、もったいぶった調子で代謝内科の医局員たちに言った。

「私の退官後、藤城君と仲川君のいずれが後を継ぐことになっても、代謝内科の医局員諸君は、一致団結して新教授を盛り立て、医局のいっそうの発展に尽くすことをここに誓ってもらいたい」

拍手のあと、いよいよ二人の教授候補によるセミナーに移った。司会は医学部長の小児科教授が担当した。先攻は年次の順で仲川である。

「それでは、わたくしの研究テーマであります2型糖尿病の治療について、これまでの成果をご説明させていただきます」

仲川は学会発表と同じていねいな口調で話しだした。代謝内科の二派は前方で左右に分かれて座り、各科の教授連は後方で成り行きを見守っている。水島は最後列の端に、身を隠すようにして座っていた。

仲川はこれまでの研究成果と医局の運営方針を、パワーポイントを使って手際よく説明した。『ネイチャー』に載った二本の論文は、押しも押されもしない実績として、仲川派の医師のみならず、各科の教授連にも強い印象を与えた。

質疑応答に移ると、疋田派の医師から意地の悪い質問が飛んだ。糖尿病グループの鮫島が、専門知識を活かして仲川の研究の弱点をことさら強調するような質問をした。

「仲川先生が研究されているインクレチンは、間接的なインスリン分泌効果しかなく、血糖降下作用という観点からはいささか疑問が残るのではないでしょうか」

「たしかに、インクレチンでは大幅な血糖降下は期待できません。ヘモグロビンＡ１ｃで一パーセント未満でしょうか。しかし、ＳＵ剤を加えることで、臨床上、十分な効果が得られることが判明しています」

仲川は弱点を潔く認め、それを補う方法を明示して鮫島の質問をうまくかわした。

続いて、藤城が演壇に立った。

「首都医療センター内科の藤城慎一でございます」

藤城もパワーポイントを使い、疋田と共同で行った内臓肥満の研究過程を披露した。地味な内容ながら、疋田の華々しい研究成果の基礎部分を、ほとんど一人で支えたことがわかる発表だった。

続いて医局運営の方針に移ったが、そのあたりから、藤城のようすがおかしいことに水島は気づいた。

「伝統ある第一内科の流れを汲《く》む代謝内科の発展のため、微力ながら、懸命の努力をしていく所存であります」

疋田が満足げにうなずく。しかし、藤城のほうは不自然に緊張し、心ここにあらずの表情だ。後頭部には黄緑色の狼煙が立っている。そんなバカなと水島は訝《いぶか》った。

藤城は本気なのか。

演壇で落ち着きなく目線を動かす藤城を、水島は信じられない思いで見つめた。

質疑応答に移ると、仲川に対する鮫島と同じく、脂質代謝グループの村田が厳しい質問をぶつけた。

「メタボリック症候群では、ウエストサイズの基準に、身長の要素が欠けているのは問題ではありませんか。身長が高ければ、当然、ウエストも大きくなるわけですから」

「その点に関しましては、疋田教授のご研究でも明らかな通り、ウエストサイズのみで内臓肥満の判定が可能であります」

藤城はほかの質問に対しても、疋田の権威に頼るような回答に終始した。

「それでは、ほかに質問はございませんでしょうか」

司会の小児科教授が一座を見まわしたとき、堀が意を決したように手をあげた。

「ただ今、藤城先生から再々疋田教授のお名前が出ましたので、敢えてお訊ねいたします。疋田教授には、あらぬ誹謗《ひぼう》の噂が一部で喧伝《けんでん》されておりますが、藤城先生はその内容についてご存じでしょうか」

会場の空気が一瞬にして凍りついた。疋田が目を剝き、堀をにらみつける。藤城は壇上で狼狽を隠せず、足踏みをしながら声を震わせる。

「存じません」

「そうですか。わたしとて、そんな悪辣なデマを毛頭信じる者ではありませんが、その内容は不正経理疑惑に関するものであります」

堀の指摘に、会場は戦国時代の合戦場《かっせんじょう》にタイムスリップしたかのような殺気に包まれた。疋田派の医師らは今にも堀に飛びかからんばかりだったが、堀が機先を制するように言葉を発した。

「誤解なきよう申し上げます。わたしはここで疑惑の真偽を問うつもりはありません。問題は、この疑惑が、怪文書によって暴露されたということであります。当然、書き手は内部の人間以外に考えられない。先ほど、疋田教授がおっしゃった医局の一致団結を考えるなら、この怪文書問題は決してなおざりにするわけにはまいりません。獅子身《しし》中《ちゅう》の虫として、徹底的に追及し、その真意を明らかにしなければならないでしょう」

「君はいったい何が言いたいのかね」

疋田が苛立った声で詰問した。堀は教授の横槍も計算済みという落ち着きで、ゆっくりと会場を見渡した。いよいよかと水島は顔を伏せる。

「では、結論から申し上げましょう。疋田教授の不正経理疑惑を告発する怪文書を書いた人物、それは、藤城先生、あなたですね」

会場に衝撃波のようなどよめきが起こった。疋田派の医師たちはキリストからユダの裏切りを聞いた十二使徒のように驚愕《きょうがく》し、疋田自身はスナイパーに眉間を撃ち抜かれた標的のように目を見開いたまま固まった。

「……まさか、どうして、わたしがそんな」

蒼白《そうはく》になった藤城が、消え入りそうな声を洩らす。

「わたしもはじめは理解できませんでした。しかし、ふと思い当たったのです。藤城先生は周知のごとく研究一筋の医師で、教授選などにはおよそ無縁の立場にあられました。ところが、疋田教授から突如、後継者に指名され、断る暇もなく教授候補に担ぎ出された。もし、このまま教授に祭り上げられてしまえば、医局運営や研究費の獲得など、政治的な活動に多大の時間を取られ、ご自身の研究もままならなくなる。かといって疋田教授の命に背くこともできず、窮余の一策として、疋田教授の不正経理疑惑を暴露し、自らを不利な状況に追い込もうと考えられたのです」

「証拠はあるのか、証拠は！」

疋田が激昂《げっこう》して立ち上がった。堀は落ち着き払って答えた。

「証拠はありません。しかし、確信はあります。不正経理疑惑をあそこまで詳細に知る立場にあるのは、疋田教授と共同研究をされた藤城先生以外には考えられません」

「バカバカしい。こんな茶番にはつき合っておれん」

疋田は顔を真っ赤にして立ち上がると、憤然と前の扉から退場した。ほかの教授連もざわめき、疋田派の医局員たちは疋田に続こうとしたが、堀が鋭く制した。

「ご静粛に！　証拠はないと申し上げましたが、ここには強力な助っ人がいます。最後列でこの場を見守る都立新宿医療センターの水島先生です」

会場の教授や医師がいっせいに水島を振り返った。水島が嘘を見抜く力を持つことは、すでに知れ渡っている。

堀は罪状認否を迫る検察官のように、居丈高に藤城に向き直った。

「藤城先生、改めてお聞きします。疋田教授の疑惑を暴く怪文書を書かれたのは、あなたですね。お答えになる前に申し上げますが、この場ではいっさいの嘘は通用しません。そのことをお忘れなく」

出席者の視線が藤城と水島を行き来した。藤城が半歩演壇から後ずさる。右前方にいた鮫島が、立ち上がって怒鳴った。

「デタラメだ。藤城先生、答える必要などありません」

堀が素早く反応する。

「黙秘権ですか！　容疑者には当然の権利ですからね。とりわけ状況が不利な容疑者に」

「容疑者とは何だ。取り消せ」

「失礼いたしました。藤城先生、もし隠すべきことがなければ、簡単にお答えいただけますよね。ほんとうのことをおっしゃっていただければ、水島先生の手を煩わせる必要もないのですから」

　全員が藤城に注目する。藤城はうつむき、小さく首を振り、なけなしの勇気を振り絞るように声を震わせた。

「怪文書を書いたのは、わたしでは、ありません」

「ほう！」

　堀が大仰に応じた。「藤城先生としては、そう答えざるを得ないでしょうね。万一、怪文書を書いたことを認めれば、それは疋田教授に弓を引き、ご自身を教授候補に推す先生方を裏切ることにもなるのですからね」

「黙れ。藤城先生がちがうと言っているのだから、ちがうに決まっている。嘘だと言うなら証拠を見せろ」

　鮫島が必死に抵抗した。堀は口元に薄笑いを浮かべ、おもむろに講義室後方に向き直る。

「では、真偽を確かめましょう。水島先生、いかがです。今の藤城先生の発言はほんとうなのか、嘘なのか」

　今度はすべての医師らが水島を注視する。鮫島は我慢しきれないようすで凄《すご》んだ。

「万一、嘘だと言うのなら、たしかな証拠を見せてもらおう。そうでなければ信用できん」

「そうだそうだ」

「証明して見せろ」

　疋田派の医師たちが席を立って水島に詰め寄る。仲川派の医師がそれを阻もうとする。堀は人混みをすり抜けて、水島の横に駆け寄った。

「さあ、言ってくれ。藤城先生の言葉がほんとうなのか、嘘なのか。おまえなら根拠も示せるだろう。ほんとうのところを明らかにしてやってくれ」

　周囲に両陣営の医師が集まり、各科の教授たちも固唾《かたず》を呑んで見守っている。どう答えればいいのか。

「どうした」

「はっきりしろ」

「何を迷ってる。遠慮はいらないぞ」

　殺気だった声が両陣営から浴びせられる。堀が水島の肩に手をかけ、煽《あお》るように言った。

「今は真実が必要なんだ。おまえは嘘が嫌いなんだろう」

その言葉が水島を打ちのめす。自嘲するような嗤いを浮かべ、低く答えた。

「堀、すまん。藤城先生が嘘を言ったのかどうか、僕にはわからない」

「何だって」

思いがけない返答に堀は絶句した。会場中がどよめき、一瞬遅れて疋田派には安堵が、仲川派には苛立ちと失望が広がった。信じられないという表情で、堀は水島に食ってかかる。

「どうしてだ。今まで嘘を見抜いてきたじゃないか。鮫島先生にたぶらかされたのか。そんなものにぐらついてどうする。おまえは同窓会でも見事に嘘を見抜いたじゃないか」

「あれは、たまたま当たったのを、そんなふうに見せかけただけだ」

水島の返答に、堀は絶望の淵《ふち》に立ちすくむように呻いた。

「じゃあ、おまえがこれまで言ってたのは……」

「ああ。嘘が見抜けるというのは、嘘だったんだ」

## 14

月曜日、例によって三十人余りの外来患者の診察を終え、水島はいつも通り、ぐったりと椅子の背もたれに身を預けた。外来の看護師が近づいて言う。

「お疲れさま。水島先生、診察がすんだばかりのところに申し訳ないんですけど」

周囲にだれもいないのを確かめてから、彼女は声をひそめた。

「前にご相談しかけてた父のことなんですけど」

「ああ、その後どう」

「それが変なんです。この前、水島先生のことをちらと話したら、父はすごく気にして根掘り葉掘り聞いてきたんです」

「どんなこと」

「先生はほんとうに嘘を見抜けるのかとか、どうしてそんなことができるんだとか、まるで警察に呼ばれたみたいに動揺して」

「警察とは大袈裟だね」

「いえ、父は何か事件に関わっているみたいで、もしそれが公になったらクビになるかもしれないんです」

「それで悩んでたのか」

「父はもう六十前だし、弟はまだ大学に入ったばかりで学費もいるし、母も働いていないから、かなり深刻みたいで」

「でも、嘘を見抜ける医者がいるって言っただけで動揺するなんて、お父さんはよっぽど正直なんだねぇ」

水島が軽く言うと、看護師はきつい表情でにらみ返した。

「わたし、真剣に悩んでるんですよ」

「ごめんごめん。別に茶化してるわけじゃない。君のお父さんはきっと大丈夫だよ。心配しなくていいさ」

「どうしてわかるんです」

「何となくだけど、そんな気がする。僕の勘はよく当たるから」

「そうなんですか……」

看護師は半信半疑の顔で唇を尖らせていたが、水島はかまわず身を起こし、遅い昼食をとりに医局へ上がった。

15

「このたびはお疲れさま」

バー山猫の扉を開くと、カウンターの奥でハルカが微笑んだ。となりに座り、バーボンの水割りを注文する。

「あれからたいへんだったよ」

「堀クンから聞いたわよ。道彦が嘘を見抜けるというのは嘘だったって」

水島は軽く肩をすくめる。

「で、道彦の思惑通りになったの？」

「なんとかね。藤城先生は教授選への立候補を辞退した。教授になっても医局をまとめていく自信がないと言ってね。だから、堀が推す仲川先生が次期教授に決まったも同然さ」

水島は水滴のついたグラスから一口啜《すす》った。ロックやストレートの強い刺激に頼らなくてもよくなったのは、肩の荷を下ろしたからか。

「じゃあ、道彦の病院の前川さんていう外来の看護師も、喜んでるでしょうね」

「たぶんね。教授選のことは何も言ってないから、気づいてないと思うけど、彼女の父親が大学病院の庶務課にいるとは知らなかったよ。その前川課長が娘に内緒で僕に会いに来て、一部始終を話したときには驚いた」

選考前セミナーの二日前、白鳳大学病院庶務課長の前川が、密かに水島を訪ねてきた。前に疋田の最終講義に出席したことの嘘を見抜かれたのと、看護師の娘から水島の能力を聞いたことで動揺して、情状酌量《じょうじょうしゃくりょう》を求めに来たのだ。

前川は知るかぎりのことを水島に告白した。疋田が十年ほど前から製薬会社と癒着し、学会で企業に有利になるような判定をしたこと、その見返りとして多額の賄賂をせしめたこと、方法は検査機器メーカーに器材発注をして賄賂を〝預け金〟として業者にプールさせていたことなどである。架空発注の手続きは庶務課の担当なので、前川が書類を整えた。不正経理であることはわかっていたが、疋田には就職のとき口利きをしてもらったので、逆らうことができなかったのだという。

前川は疋田が退官するまでのしんぼうだと自分に言い聞かせ、危ない橋を渡ってきたが、今回の教授選で怪文書が出て、生きた心地がしなかったと言っていた。もし疋田に捜査の手が及べば、自分も取り調べを受けるだろう。逮捕されれば大学病院はクビになり、まともな転職も望めない。情報に敏感な前川は、選考前セミナーで堀が水島の協力で怪文書の追及をすると知り、慌ててこの件を表沙汰にしないでほしいと頼みに来たのだ。

ハルカがグラスを傾けながら聞く。

「でも、その課長、疋田って教授といっしょに甘い汁を吸ってたんじゃないの」

「僕もそれが気になったから、本人に確かめたんだ。疋田教授は口止めのために、前川課長をいろいろ誘惑したようだが、彼は怖《こわ》くていっさい誘いに乗らなかったそうだ。その言葉に嘘はなかった。だから助けてあげないとと思ったんだ」

たしかに前川の後頭部には黄緑色の狼煙はなかった。しかし、前川を守るには、選考前セミナーでどう振る舞えばいいのか。

堀は彼なりの調査で、藤城が怪文書を書いたと確信していた。彼のシナリオ通り話を運べば、当然、疋田の疑惑は表沙汰になり、前川にも咎《とが》が及ぶ危険性が高い。かと言って、怪文書に知らん顔をすれば、堀の目論見《もくろみ》は失敗する。仲川派に有利な状況を作り出せないばかりか、堀も疋田ににらまれて危機的な立場に陥る。

セミナーがはじまったあとも、どうしたものかと考えあぐねていたとき、藤城に奇妙な変化が現れた。医局の運営方針に話が移ったとたん、藤城の後頭部に黄緑色の狼煙が上がったのだ。代謝内科の発展のために懸命の努力をするというのは嘘だ。つまり彼は教授になる気がない。そう見抜いて、水島は思わず、そんなバカなと訝ったのだ。

それなら藤城を追い込まずとも、自然と仲川有利の状況になるだろう。自分の出番はなくなり、ことを荒立てなくてもすむ。そう思ったが、怪文書のことしか頭にない堀は、勢いに任せて予定の行動に突き進んでしまった。

「あのときは冷や汗ものだったよ」

水島は選考前セミナーでの一部始終をハルカに語り、苦笑いを浮かべた。彼女は倦怠感を漂わせながらも、興味津々のようすで聞いていた。

ハルカが上目遣いに水島を見る。

「で、その疋田って教授はどうなったの」

「藤城先生が怪文書を書いたと堀に指摘されて、思い当たるところがあったんだろう。

危険を感じて東京を離れることにしたらしい。来年、大阪に新設される健康管理医療短大ってとこの学長ポストに内定したという噂だ。これで白鳳大学病院での影響力は排除されるよ」

「堀クンは大丈夫なの。陰謀みたいな大芝居をやらかしちゃって」

「わからない。今は選考前セミナーでの一件などなかったみたいに、来《きた》る仲川体制の下準備に走りまわっているらしいけど」

「道彦に何も言ってこない」

「今のところは」

水島が言うと、ハルカは皮肉っぽく唇をゆがめた。

「まあ、いいんじゃない。結局は堀クンの満足するようになったんだから」

テキーラを一気にあおり、熱いため息をつく。水島もつられて嘆息する。

「怪文書の書き手は、堀が調べたとおり藤城先生だった。しかし、前川課長を守るためにも、これ以上話を大きくする必要はなかったんだ」

「それで道彦は、嘘を見抜けるというのは嘘でした、という嘘をついたわけね」

「ああ。それを見抜いた者はあの場にはだれもいなかったけど」

ハルカが鼻を鳴らす。

「でも、これからがたいへんじゃない。しばらくは、嘘が見抜けるというのは嘘でしたという嘘をつき続けなくちゃいけないから。バレそうになったら、また別の嘘が必要になって、それがバレそうになったらさらに次の嘘をつかなくちゃならない。きりがないわね」

意地悪げに嗤うハルカから、水島は顔を背けてつぶやいた。

「だから言ったんだよ。嘘はキライって」

# 解説――久坂部羊、人と作品

仲野　徹

　久坂部羊が出版した本はすべて読んでいる。というと、ほぉ、さすがにそれだけのファンだから無名のおっさんやのに解説を書かせてもらっているのやな、と思われるかもしれない。が、それは少し違う。久坂部羊とは、四十年ほど前に大阪大学医学部医学科で机を並べた仲で、いつも本を贈ってくれるのだ。

　ありがたいことに、いろいろな方から本をお送りいただくことが多い。それらをすべて読んでいるかというと、申し訳ないが、そんなことをするだけの時間はない。しかし、久坂部羊の本は、送られてくると、何をおいてでもすぐに読む。まぁ、そういった関係の義理堅き友人が書く解説だと思って読んでいただければ幸いであります。

　先に「机を並べた」と書きはしたが、あくまでも比喩の表現であって正確ではない。細かいと思われるかもしれないが、本職は生命科学を生業とする大学教授であるから、言葉の使い方にはできるだけ正確を期したい。同級生ではあったが、久坂部はあまり大学に来なかったので、机を並べるチャンスはあまりなかったのである。

友達はすぐにそういう悪口を誇張すると眉をひそめる久坂部ファンがおられるやもしれないが、ほんとうなのだから仕方がない。ウソだと思われる方には、久坂部が医学部生時代の思い出を綴った『ブラック・ジャックは遠かった―阪大医学生ふらふら青春記』をオススメしたい。学生時代から、久坂部が勉強していないであろうことは認識していた。しかし、そこまで不真面目だったとは思ってもいなかった。

卒業後、外科医としてそこそこの修練を積んだあと、外務省の医務官となってサウジアラビアなどの大使館に勤めたりしていた。一度、朝日新聞の文芸欄の小さな記事に、久坂部――当時は本名の久家義之だったが――の作品が褒められているのを見つけたことがある。意外なところでがんばっておるなぁとえらく感心した。たしか、ムスリムの死を描いたような作品についてであったと記憶している。

そうこうしているうちに、大使館勤務の経験をまとめた『大使館なんかいらない』を、これも本名で――というか、そのころはまだペンネームがなかったのだろう――出版した。その後にもう一冊、外務省時代の体験記を、ついで老人医療についての『老いて楽になる人、老いて苦しくなる人』を出版した。なので、小説よりもノンフィクション路線でいくのかと漠然と思っていた。

いまでもよく覚えている。海外出張帰りの飛行機で広げた新聞に『廃用身《はいようしん》』の大きな広告を見つけた時のことを。脳梗塞などで動かなくなった手足を切断してしまう、という内容だ。現役医師によって書かれたというややグロテスクな内容、そして、ペンネームが久坂部。大急ぎで「久坂部羊ってお前か?」と、メールを送った。「その通り、拙者でござる」と返事が来た。うれしかった。

後日、『廃用身』って、なかなかええタイトルを思いついたなぁ、と訊《たず》ねたことがある。それに対する返答には腰がぬけた。「廃用身」というのは医学用語だと思っていたというのだ。そんな言葉あらしませんがな。思い込みというのは恐ろしいものだ。大学時代の不勉強が脳裏をよぎるが、まぁ、いいネーミングなのでよしとしておこう。しかし、何が幸いするかはわからない。

久坂部羊はちょっと横着な作家ではないかと思うことがある。小説のなにげないシーンに出てくるたいして大事でない人物に、これは同級生のあいつがモデルやろ、というのがけっこう登場しているのだ。知らない人が読んでも、そんな事情はまったくわからないのだから、どうでもいいようなことであるが、人物造形にもうちょっと手間をかけろよ、と言いたくなる。私と思われる人物も、大阪の繁華街・北新地のバーで飲んでいる傍若無人な客として登場したことがある。あれは俺か、と聞いたら、そうだ、と。せっかくなんやから、もっとええ感じに使ってくれよ。

椎名桔平主演でNHKのドラマにもなった『破裂』の主な舞台は、モノレールの駅がある大阪北部の大学病院という設定だ。あまりに似ているので、大阪大学医学部附属病院がモデルと勘違いする人が出ても不思議はない。当時の病院長もそのひとりで、本の帯にあった「医者は三人殺して一人前になる」というキャッチフレーズに、これは阪大病院に対する名誉毀損ではないかと、えらくご立腹になられたほどだ。

久坂部に言わせると、何を書いても、これは自分がモデルに違いないと思い込んでしまう人がいるらしい。なるほど、そういうものかもしれない。しかし、こういった調子なので、久坂部羊の小説を読むと、つい、どこかにモデルがいるのではないかと勘ぐってしまう。

『嗤う名医』の単行本を読んだ時、ひょっとしたら、この短編集に出てくる主人公たちのモデルは、久坂部羊自身なのではないかという疑念が湧いた。もちろん、小説に書かれているようなことをそのまましているという意味ではない。こういう妄想を日常的に抱きながら生きているのではないかという気がしたのである。だとしたら、久坂部羊、ちょっと怖い……。一瞬、友達をやめようかという思いが頭をよぎった。

この六編からなる短編集のトップ「寝たきりの殺意」は、動けなくなった老医師の話だ。寝たきりになるかどうかはわからないが、久坂部がこういう邪《よこしま》な老人になる可能性は否定できない。というよりも、十分あり得る。公平を期すために申し添えておくが、自分もなりそうな気がする。そういう意味において、この話は近未来小説のようなものだ。

久坂部は、自身の父親を看取《みと》った経験を、『人間の死に方　医者だった父の、多くを望まない最期』として上梓《じょうし》している。そのノンフィクションと「寝たきりの殺意」を読み比べてみるのも面白い。フィクションがとげとげしく怖い話であるのに対して、ノンフィクションは意外なほどの明るさと赤裸々なユーモアにあふれている。

つづく「シリコン」には、イケメンの名外科医が登場する。若き久坂部は勉強もせずにブラック・ジャックのような外科医にあこがれていたような節がある。そんな無いものねだりを、無理いうたらあかん。それはさておき、この作品では、イケメン外科医よりも、手術をうけた女性患者の心理に久坂部の暗い心が投影されているのかもしれない。もしそうだったら恐ろしすぎるから、考えるのはやめておきたい。

「至高の名医」も素晴らしい外科医の話だ。二編続けて名外科医の話を並べているところから察しますに、やはり、久坂部羊はそういう姿を夢見たことがあったんでしょうな。しかし、いずれも、その外科医を幸せにしてはたまるか感のあふれる内容になっている。きっと、名外科医に対してはあこがれだけでなく、ルサンチマンのようなものがあるのだろう。

実際にそのような偏執的な人はおりそうにないが、「愛ドクロ」は頭蓋骨フェチの話だ。こういう突拍子もないことを思いつくのが創作力というものなのだろう。とは、思うのであるが、先に書いたように、久坂部羊は、友達をすぐにモデルにするような作家なのである。まさか久坂部が頭蓋骨フェチということはなかろうが、念のため、今度、久坂部の奥さんに会ったとき、頭蓋骨の形をそれとなく観察してみたい。したところで、どんなのが好みのドクロかなどわかりそうにはないのだが。

ある意味で、この短編集においていちばん恐ろしいのは、とある性癖を持った心臓カテーテルの名手が主人公の「名医の微笑」だ。どうして恐ろしいかというと、その性癖を満足させるための行為の描き方にリアリティーがありすぎるのだ。これは実際に体験した人にしか書けないのではないか。作品を書くために取材に行ったのだろうか、あるいは、もともとそういうタイプなのだろうか。どちらにしても、久坂部羊、やっぱりちょっと怖いやんか。

最後の「嘘はキライ」は、久坂部が得意とする超能力系の話だ。久坂部作品にしては珍しく、エンディングはかなり爽やかである。六つの作品のラストにこれを置いたのは、最後まで読んでくれた読者に対する心配りなのだろう。けっこうええとこあるやないの。『嗤う名医』は、どれもがぞくっとするような怖い話なのに、ちょっとブラックなユーモアが通底しているところが素晴らしい。ユーモアといえば、平成二十七年の「第八回上方落語台本募集」において、久坂部は『移植屋さん』という作品で優秀賞を受賞し、その面での才能もいかんなく発揮した。ちなみに、その台本募集では、久坂部羊ではなく本名で応募するという、強気とも弱気ともとれる行動をとっていたことを申し添えておきたい。

久坂部羊の作品をデビュー作から並べてみると、『廃用身』や『破裂』のように画期的な治療法を主題にしたものや、これもテレビドラマになった『無痛』のように超能力系の主人公が出てくるものが多い。しかし、第三回日本医療小説大賞に輝いた『悪医』は、そのような飛び道具なしに、医師と患者の複雑で非平衡な心理を見事に描ききった素晴らしい医療小説だ。

えらそうな言い方になるが、『悪医』を読んだ時、あぁ、腕をあげたなぁ、と思った。ミステリー小説的なトリッキーさなしに、ここまで面白い小説を書けるとはたいしたものだと。モチーフや落としどころはまったく違うが、『嗤う名医』も、「嘘はキライ」以外は、『悪医』と同じ系統に属する短編小説だといっていいだろう。初出の日付をみてみると、『悪医』と『嗤う名医』が書かれた時期はかなりオーバーラップしているようだ。そのころ、久坂部羊の中でなにかが熟成を遂げ、大きく花開いたに違いない。

小説ありノンフィクションあり、さらに、小説の内容もホラーありユーモアあり心理劇ありミステリーありと幅広くこなすことから、久坂部羊はえらく器用な作家だということがおわかりいただけるだろう。その多彩な作風が一点に絞り込まれた時、著名な文学賞が射程に入るに違いないと期待している。長年の友情から本当にそう思う、というよりは、受賞パーティーに出てみたいから。ちなみに、久坂部によると、売り上げにいちばん影響のある本屋大賞が第一希望らしい。じつに志が高いのか低いのかわかりにくい作家であるが、みなさん、これからも久坂部羊をご贔屓に。

（なかの・とおる　大阪大学医学部教授、書評家）

集英社文庫

嗤《わら》う名医《めいい》

2016年8月25日　第1刷　　定価はカバーに表示してあります。

著　者　久坂部《くさかべ》　羊《よう》
発行者　村田登志江
発行所　株式会社　集英社
東京都千代田区一ツ橋2-5-10　〒101-8050
電話　【編集部】03-3230-6095
【読者係】03-3230-6080
【販売部】03-3230-6393(書店専用)

印　刷　凸版印刷株式会社
製　本　凸版印刷株式会社

フォーマットデザイン　アリヤマデザインストア　　マークデザイン　居山浩二


ISBN978-4-08-745476-5 C0193